बोल री कठपुतली

(कहानियाँ)

ISO 9001 : 2015

किताबघर प्रकाशन

नयी दिल्ली

बोल री कठपुतली

मालती जोशी

प्रकाशक
किताबघर प्रकाशन
44764/2A, 23, अंसारी रोड, दरियागंज, नयी दिल्ली-110002
फ़ोन : 011-23266207, 41584421
E-mail : kitabgharprakashan@gmail.com

पेपरबैक संस्करण : 2026

मूल्य : दो सौ पच्चीस रुपये

मुद्रक : आर० के० ऑफसेट

शाहदरा, दिल्ली-110095

BOL RI KATHPUTALI *(Hindi Stories)*
by Malti Joshi
Price : ₹ 225 (Paperback Edition)

ISBN—978-81-7016-033-5

कनुप्रिया को
इस आशीर्वाद के साथ कि वह
किसी के हाथों की
कठपुतली न बने

कथा–क्रम

प्रश्नों के भँवर

ठेले पर रखे संतरे छाँटते हुए एक परिचित-सा स्वर कान में पड़ा और उसने हठात ऊपर देखा। हाँ, सुनील ही तो था वहाँ, पर कितना बदला हुआ! निस्तेज, अशक्त, झुका हुआ, जैसे छह महीने बाद आज ही खटिया से उठा हो।

"हलो!" उसने धीरे से कहा, पर उसने शायद सुना नहीं। शायद इस 'हलो संस्कृति' का अब तक कस्बे में प्रवेश नहीं हुआ था। इसीलिए तो वह मोल-भाव ही करता रह गया और वह प्रतीक्षा में खड़ी रही। पतलून की जेब से मुड़े-तुड़े नोट निकालकर जब वह चलने को हुआ, तो ठेले वाले को ही दया आ गयी। खुले हुए पैसे लौटाते हुए उसने कहा, "भाई साहब, मैडम शायद कुछ कह रही हैं।"

अब उसने आँख उठाकर देखा और इस बार चौंकने की बारी उसकी थी। अपनी सदाबहार मुस्कान लिए सामने अंजना (अंजू) खड़ी थी। ऐश्वर्य से दमकता व्यक्तित्व, तृप्ति से चमकता चेहरा! लगता था, जैसे उम्र के ये दस-बारह वर्ष उसे अनछुए ही निकल गये हैं।

"अरे!" उसने मरी-सी आवाज़ में आश्चर्य व्यक्त किया, "कहाँ हो आजकल?"

"बम्बई।"

"यहाँ कैसे?"

"बड़े भैया अपनी बिटिया की शादी कर रहे हैं। माँ की बड़ी इच्छा थी कि इस पीढ़ी की पहली शादी पुरखों के घर से हो, इसलिए यहाँ आ गये हैं।"

"बड़े भैया वैसे तो दिल्ली में हैं।"

"हाँ।"

कुछ देर तक चुप्पी रही, फिर बड़ी मुश्किल से कह पाया सुनील, "अभी तो रहोगी न!"

"हाँ, शादी तक तो रहना है ही।"

फिर एक लम्बा मौन! अंजू को प्रतीक्षा थी एक औपचारिक-से निमंत्रण की, पर सुनील शायद उतनी भी हिम्मत नहीं जुटा पाया। और तभी बड़े भैया सब्जी का बड़ा-सा झोला उठाये आ गये, "अरे भई! तुम्हारी शापिंग हुई कि नहीं अभी?" उन्होंने सुनील को एकदम अनदेखा करके कहा।

"वह तो कब की हो चुकी! हम तो आपकी प्रतीक्षा कर रहे थे...भैया, इन्हें पहचाना? ये सुनील हैं।"

सुनील ने नमस्ते की। बड़े भैया ने उत्तर में गरदन को हलका-सा झटका-भर दिया और अंजू को लेकर कार की तरफ बढ़ गये। अंजू का बड़ा मन था कि झूठमूठ ही सही, भैया सुनील को शादी में आने को कह दें, पर उन्होंने तो बात तक नहीं की।

ठीक ही तो था, भैया को भला सुनील में क्या दिलचस्पी होती और क्यों होती? उनके लिए तो वह अध्याय कब का खत्म हो चुका है। उस समय अपने बीमार पिता का मन रखने के लिए वे सुनील की चौखट तक गये थे और अपमानित होकर लौटे थे। जाति की अभेद्य दीवार उन लोगों के बीच खड़ी थी।

केवल जाति की आड़ लेकर ही सुनील के पिता रिश्ता नकार देते, तो उसे नियति मानकर सह भी लेते, पर उन्होंने जो बात कही वह तो आज भी फाँस की तरह सालती है। उन्होंने कहा था, "तुम लोग उतरूआ हो, तो कोई बात नहीं, हम मन पर पत्थर रख लेंगे, पर ऐसी पटाखा लड़की हमारे घर में खपेगी नहीं।"

भैया एकदम आगबबूला हो गये थे, "आपका लड़का है, जहाँ मर्ज़ी आये वहाँ ब्याह कीजिए, लेकिन दूसरों की लड़कियों पर लांछन लगाने की जरूरत नहीं है।"

"इसमें लांछन लगाने की क्या बात है। कोई मैं गलत कह रहा हूँ। हमारी भी दो-दो बेटियाँ कॉलेज में पढ़ी हैं, पर ऐसा तो किसी ने नहीं किया।"

"ऐसा मतलब?"

"जैसा अंजू ने किया था—अपने आप शादी तय कर ली थी।"

भैया तो जैसे उबल पड़े थे। उनका बस चलता, तो वहीं हाथापाई कर बैठते। बड़ी मुश्किल से अपने पर उन्होंने काबू पाया। शायद मन में कहीं यह क्षीण आशा रही होगी कि आगे-पीछे इसी घर में अंजू को आना है, बेकार दुश्मनी बढ़ाने से क्या फायदा! उन्हें पक्का विश्वास था कि माँ-बाप किसी

के भी ज़िन्दगी-भर रूठे नहीं रहते, फिर सुनील तो अकेला लड़का है, उसका दिल वे नहीं तोड़ेंगे।

पर सुनील ही हिम्मत हार गया था। अंजू का परिवार जब तक कुछ सोचता-समझता, सुनील की शादी का कार्ड आ पहुँचा था। ऐसे व्यक्ति के प्रति अगर भैया को वितृष्णा हो गयी थी, तो आश्चर्य क्या था?

अंजू को यहाँ आये हफ्ता हो चला था। इस परिचित वातावरण में आते ही उसका मन 10-12 साल पीछे लौट गया था। उसे अपना टूटा हुआ सपना याद आया, पर अब उसमें इतनी टीस नहीं थी। धीरे-धीरे वह कसक मिट ही गयी। बहुत अनजाने, बहुत धीरे-धीरे उसने परिस्थिति से समझौता कर लिया था। शादी के बाद जरूर वह कुछ दिनों तक अनमनी रही, पर आलोक के संवेदनशील साहचर्य ने उसके घावों पर मरहम-सा लगा दिया था। फिर सुरभि के जन्म के बाद तो उसका जैसे कायापलट हो गया था।

तभी तो आज इतनी प्रकृतिस्थ होकर सुनील से बात कर सकी थी। उलटे सुनील ही उसके सामीप्य को झेल नहीं पाया था।

अपनी गृहस्थी में वह पूरी तरह रच-बस गयी थी। फिर भी एक नारी-सुलभ इच्छा थी—सुनील का घर, उसकी पत्नी, उसके बच्चों को देखने की। इसीलिए उसने सुनील से निमंत्रण की अपेक्षा की थी। वहाँ से निराश हो गयी, तो खुद ही बहाना ढूँढ़ने लगी।

नीतू की शादी के कार्ड छपकर आ गये, तो उसे बहाना भी मिल गया। भैया ने उसे एक लिस्ट थमा दी थी। कार्ड्स पर सुन्दर अक्षरों में मेहमानों का नाम-पता उसे लिखना था। लिस्ट खूब बड़ी थी। माँ और पापा का एक भी परिचित छूट नहीं पाया था। उन लोगों के टीचर्स, प्रोफेसर्स के भी नाम थे। अंजू की सहेलियाँ तो शादी के बाद तितर-बितर हो गयी थीं, फिर भी उनके परिवारों का नाम था। लेकिन पूरी लिस्ट में सुनील का नाम कहीं नहीं था। उम्मीद भी नहीं थी।

तब उसने स्वयं ही एक लिफाफे पर सुनील का नाम-पता लिखा। कभी यह नाम लिखते हुए कैसा रोमांच हो आता था! पर आज वैसा कुछ नहीं हुआ। अपने इस बदलाव पर वह हैरान थी। अगर उसका मन सचमुच इतना निर्लिप्त हो गया है, तो फिर सुनील के यहाँ जाने की यह ललक क्यों?

सहेली के यहाँ जाने के बहाने वह अकेली ही निकल पड़ी। पिछले दिनों यह उसका नियम-सा हो गया था। रोज ही किसी के यहाँ हो आती। सखियाँ

तो सब अपनी-अपनी ससुराल में थीं, पर उनकी माँ, भाभियाँ बड़े प्रेम से मिलतीं। बचपन के वे दिन फिर ताज़ा हो जाते।

सुनील का घर उसका देखा हुआ था, पर उसके आसपास इतनी इमारतें खड़ी हो गयी थीं कि पल-भर को वह चकरा-सी गयी, सुनील का मकान लेकिन जरा भी नहीं बदला था। इन नये मकानों की तुलना में वह एकदम बदरंग, बदशक्ल और खस्ताहाल लग रहा था। पता नहीं क्यों, उसे देखकर सुनील के बुझे-बुझे से व्यक्तित्व की याद हो आयी, और साथ ही आँखों में घूम गया, आलोक का सांवला-सुदर्शन रूप। किराये का सही, पर अपना सजा-संवरा फ्लैट याद आ गया: 'न, भाग्य ने उसके साथ कोई छल नहीं किया। जो लिया, उससे ड्योढ़ा लौटाया है।'

इस विचार से उसे बड़ी शांति मिली और उसने बड़े इतमीनान से सुनील का दरवाज़ा खटखटाया। बाँस के जालीदार बरामदे में सुनील की माँ बैठी माला जप रही थीं। वे भी इस घर की तरह ही बुढ़ा गयी थीं, पर कान अभी चौकन्ने थे। फौरन ही बोल उठीं, "कौन है?"

"चाची, मैं हूँ अंजू," अंजू ने दरवाज़ा ठेल कर भीतर आते हुए कहा।

"अंजू कौन?"

"अंजना...अंजना पाठक!"

वृद्धा ने अपनी मिचमिचाती आँखों को थोड़ा और फैलाने की कोशिश की, "नये टोलावाले बदरी परसाद जी की तो नहीं!"

"जी वही।" अंजू ने राहत की साँस लेते हुए कहा। उसे तो डर हो गया था कि परिचय का यह दौर काफी लंबा चलेगा।

उस झिलंगा-सी खटिया पर जगह बनाते हुए सुनील की माँ ने गद्गद स्वर में कहा, "आओ, बिन्नो! बहुत दिनन माँ आयी।"

खटिया की पाटी पर बैठते हुए अंजू ने अपने आने का मंतव्य बताया और पूछा, "सुनील कब तक लौटते हैं?"

"अरे ऊको कौन ठिकानो है! कबहुँ-कबहुँ तो रात के नौ सोऊ बज जात।"

"तो मैं चलूँगी, आप ये कार्ड दे दीजियेगा।"

"अरे वाह, ऐसे कैसे!" और उन्होंने भीतर की ओर मुँह करके आवाज़ दी, "अरे सुनो, नेक एक कुरसी तो डार जाओ इते। बिटिया तकलीफ में बैठी है।" उन्होंने शायद अपनी बहू को आवाज़ दी थी।

अंजू भी तो उसे ही देखने आयी थी। उस सौम्य-सरल रूप को देखने की बड़ी उत्सुकता थी, जो उन दिनों चर्चा का और अंजू के लिए ईर्ष्या का विषय था।

पर भीतर से एक आँधी आयी। अंजू के सामने एक कुरसी दन्न से रख दी गयी–इतनी ज़ोर से कि उसके खुरों के प्रहार से छपरी में जमी धूल चारों ओर फैल गयी। कुरसी जिस गति से आयी थी, लाने वाली उसी द्रुत लय में लौट रही थी कि अम्माँ ने टोक दिया, "पानी तो पिला जाती।"

दूसरे ही क्षण पानी हाज़िर था। इस बार उसके छींटे अंजू की प्योर सिल्क को सराबोर कर गये। गिलास उठाते हुए सवाल आया, "और कुछ?"

इस 'और कुछ' में बहुत कुछ समाहित था, पर अम्मा जी शायद उसे समझ नहीं पायीं, निहोरा-सा करती हुई बोलीं, "इते दिनन पे आई है बिटिया, नेक चाय तो पिवा दो।"

"नहीं चाची, चलूँगी। अब बहुत देर हो रही है, घर पर सब परेशान होंगे।"

"अरे तो अब्बे हाल बनी जात है, गैस पे कौन देर लगत है!"

फिर अंजू चलने की मुद्रा में खड़ी ही रही, तो उसी चंडीस्वरूपा ने कहा, "देखो बहन, अब चाय पीकर ही जाना, नहीं तो बुढ़िया मेरे सातों पुरखों को तारकर रख देगी।"

बुढ़िया ने शायद सुना नहीं। अपनी ही धुन में बोलीं, "पानी तो ऊसो ले आयी, पर चाय कोरी मत पिवइयो।"

"कोरी काहे, पकवान धरे हैं, सो ले आऊँगी।" और सुनील की बहू झमाझम करती भीतर चली गयी। उसके जाने के बाद छपरी में ऐसा सन्नाटा खिंच गया, जैसे तूफान आकर चला गया हो। वह किंकर्तव्यविमूढ़-सी खड़ी थी कि सुनील की माँ ने हाथ पकड़कर बिठा लिया।

"बहू के लच्छन देखे?" वे भेद-भरे स्वर में बोलीं, "तबई तो मुन्ना सारा-सारा दिन बाहर रहत है। बस, खावे और सोवे भर को घर में पाँव देत है। मोय तो उसे देख-देख रुलाई छूटत है।" और सचमुच ही वे आँखें पोंछने लगीं। अंजू को समझ में नहीं आया कि उन्हें क्या कहकर सांत्वना दे। वह चुपचाप उन्हें रोते हुए देखती रही। इस बीच चाय आ गयी। चाय के साथ बाकायदा बिस्कुट थे, आलू के चिप्स और चावल के सेव भी थे।

ट्रे नीचे रखने भर की देर थी कि अम्माँ ने अपना रोना मुल्तवी कर एक

बिस्कुट लपक लिया। सुनील की बहू ने उन्हें इस हिकारत से देखा कि अंजू भीतर तक काँप गयी।

"जीभ तो अपनी लपलपाती है, पर नाम मेहमानों का करेगी।" बहूरानी जाते-जाते सास की प्रशस्ति में कहती गयी। अम्माँ ने पता नहीं सुना भी कि नहीं, वे चुपचाप चावल के सेवों को अपने पोपले मुँह में चुभलाती रहीं, उन्हें यह भी भान न रहा कि जिसके लिए यह सारा तामझाम किया गया है, उसने प्लेटों को हाथ भी नहीं लगाया। बस, कोरी चाय ही गटकती रही।

थोड़ी देर बाद सुनील की माँ को जैसे अपना दुख फिर याद आ गया। उसाँस भरकर बोलीं, "हमारी तो मति मारी गयी थी बिन्नो, न तुम जैसी लक्ष्मी को लौटाते, न जे करकसा ई घर में आती।"

अंजू ने चोर नज़रों से अपने चारों ओर देखा। दूर-दूर तक कोई नहीं था, जिसने सुनील की माँ की यह स्वीकारोक्ति सुनी हो। पर उसे खुद ही यह सुनते अच्छा नहीं लगा। वह उठ खड़ी हुई, पर इस तरह चोरों की तरह चले जाना ठीक नहीं है!

गृहस्वामी से इजाज़त तो लेनी ही चाहिए।

अम्माँ परितृप्त भाव से नाश्ते पर जुटी थीं। अंजू ने दोनों कप-प्लेट उठाये और सीधे भीतर चली आयी। जाना-पहचाना घर था, कोई परेशानी नहीं हुई।

रसोई वही थी-पहले की तरह ही कालिख-पुती दीवारें थीं। गैस के आ जाने से उनकी रंगत में कोई फर्क नहीं आया था, सुनील की बहू गैस पर कुछ छौंक रही थी।

"ये कहाँ रखने हैं?" अंजू ने पूछा, तो एकदम चौंक पड़ी।

"अरे, आपने क्यों तकलीफ की?" इस बार उसका स्वर अपेक्षाकृत सौम्य था।

"कोई बात नहीं, आपके पास तो बैठ ही नहीं पायी थी न, इसलिए भीतर चली आयी।"

"अरे फुरसत ही कहाँ है, अभी दोनों यमदूत स्कूल से आते होंगे। खाना न मिला, तो मुझे ही खा जायेंगे।"

"ये दो लड़के ही हैं कि..." अंजू ने उत्सुकता से पूछा।

"अरे और का क्या होगा! यही दोनों तो मेरी जान खाने को बहुत हैं। आपके कै बच्चे हैं?"

"बस एक बिटिया है।"

"बेटी अच्छी होती है। साये की तरह माँ के आसपास घूमती है, उसका सुख-दुख समझती है। लड़के तो बस खाने-पीने से मतलब रखते हैं।"

उस नीम अँधेरी रसोई में सुनील की बहू का चेहरा बड़ा सौम्य और व्यथा में भीगा-सा लग रहा था। अंजू को यूँ एकटक निहारते देख उसे संकोच हुआ। अपनी परेशानी छिपाते हुए बोली, "वैसे एक लड़का होना चाहिए। आपरेशन तो नहीं करवाया न?"

"अरे, लड़के का क्या होगा!" अंजू ने हँसकर कहा, "अपने पास कौन-सी इस्टेट है, जो वारिस चाहिए! बस, एक किराये का दड़बा है।"

"यहाँ अपना है, तो किस दड़बे से कम है? सारा तो किराये पर उठा दिया है। बस ले-देकर यही तीन कमरे हैं। कहीं बैठो, बुढ़िया की ठुल्ल-ठुल्ल से छुटकारा नहीं है। दिन-भर छाती पर चढ़ी रहती है। खुद तो तिनका नहीं उठायेगी, पर मजाल है, जो मरजी के बगैर पत्ता भी हिलने दे। कहने को तो सारा दिन राम-नाम जपती रहती है, पर मन तो मरा माया में लिपटा पड़ा है।"

यह 'सासपुराण' पता नहीं कब तक चलता, अंजू ने ही उसे बीच में रोककर कहा, "भतीजी की शादी का कार्ड देने आयी थी। आप लोग जरूर आइयेगा।"

"लिवा लायेंगे, तो आ जायेंगे।"

"मतलब?"

"वे क्या हमें कहीं साथ लिवा जाते हैं!"

"लेकिन क्यों?"

"हम उनके लायक जो नहीं हैं।"

"अरे वाह! ये किसने कह दिया?"

"सभी कहते हैं। ससुर जब तक रहे, यही रटते रहे। ननदें जब भी आती हैं यही सुनाती हैं। सास तो रोज़ ही मेरे नाम को रोती हैं। और उनके सपूत मुँह से तो कुछ नहीं कहते, पर हर बात में जता देते हैं।"

अंजू को उबकाई-सी आने लगी-'अजीब हैं ये लोग! अपनी गलती का एहसास भी करते हैं, तो किस तरह! अपना सारा आक्रोश इस बेचारी पर उँडेल कर फुरसत पा लेते हैं। तभी तो बेचारी इतनी चिड़चिड़ी, असहिष्णु हो गयी है। आखिर उसे भी तो अपना रोष कहीं उतारना होता है।'

उसे खुद अपने पर भी आश्चर्य हो रहा था: 'क्या सोचकर वह इन लोगों पर, इस घर पर जान छिड़कती रही! क्या इस वातावरण में वह एक दिन भी

रह पाती! भैया ने तो हजार बार कहा था कि अंजू, माना कि लड़का बहुत ब्रिलियंट है पर उस घर का माहौल तुम्हारे लायक नहीं है। दम घुटकर रह जायेगा...पर उस समय तो वह प्रेम में अंधी हुई जा रही थी। इतनी ऊँच-नीच सोचने की फुरसत ही कहाँ थी?'

"अच्छा, अब चलूँगी।" उसने एकदम कहा।

छपरी में अम्माँ जी तब तक सारी प्लेटें साफ कर चुकी थीं और परितृप्त भाव से बैठी थीं। उनकी समाधि भंग करते हुए अंजू ने उनसे इजाज़त माँगी।

"चल दी बिन्नो!" उन्होंने कातर स्वर में कहा, "एक बार फिरके से अइयो अंजू रानी। मुन्ना से भेंट करके जइयो। नहीं वे बहुत पछतै हैं।"

"जी!" अंजू ने कहा और फिर एक बार मुस्कराकर पास खड़ी गृहस्वामिनी से विदा लेनी चाही। पर यह क्या, उन आँखों से तो अंगार बरस रहे थे, अंजू की मुस्कान होंठों पर फ्रज होकर रह गयी। क्या यह वही औरत है जो अभी-अभी उससे इतनी अंतरंग हो रही थी! इस समय तो उसे देखते भी डर लग रहा था।

सहमकर उसने नज़रें झुका लीं और सड़क पर आ गयी। पीछे-पीछे वह भी आयी। बड़ी मुश्किल से उसकी ओर देखने का साहस जुटाते हुए अंजू ने कहा, "आप क्यों तकलीफ कर रही हैं! मेरा तो सब देखा हुआ है। अभी चौक से ताँगा ले लूँगी।"

उसने जैसे सुना ही नहीं, सीधे अंजू की आँखों में देखते हुए बोली, "तो तुम हो अंजू! मुझे पहले ही समझ लेना चाहिये था!"

इस समय उसकी आँखों से अंगार नहीं, उन्माद-सा छलक रहा था। एक-एक शब्द चबाते हुए बोली, "अब यहाँ क्या लेने आयी हो? मेरी गृहस्थी का सारा रस तो ले गयीं महारानी! अब यहाँ क्या रक्खा है? तुम्हारे तो दोनों हाथों में लड्डू हैं। यहाँ-वहाँ सबकी चहेती बनी हुई हो, तभी तो चेहरा ऐसा गुलाब बना हुआ है। पर मेरे हिस्से क्या आया? सिर्फ इस नरक की चौकीदारी! ये किस जनम का बैर भुनाया है तुमने? मैंने तुम्हारा क्या बिगाड़ा था? फिर क्यों मुझे इस भट्ठी में झोंक दिया? क्यों मेरी ज़िंदगी मिट्टी कर दी? क्यों? आखिर क्यों?"

उसके ये कातर प्रश्न चारों ओर से प्रतिध्वनित होकर अंजू के कानों से टकराने लगे और उसे लगा, जैसे शोर के इस आवर्त में वह डूब ही जायेगी।

अक्षम्य

बरामदे में साइकिल टिकाते ही भीतर का शोर उसके कानों के पर्दे फाड़ने लगा। मन तो हुआ कि उलटे पाँव लौट जाए, पर छोटू की करुण रुलाई ने उसके पाँव बाँध दिए थे।

अन्दर आकर देखा, बाबूजी छोटू को थामे खड़े हैं और माँ उसे धुलवा रही है। पिता को देखते ही छोटू की रुलाई और बढ़ गई। तौलिए में लपेट कर उसने बच्चे को उठाया तो महसूस किया कि उसकी पतली-सूखी टाँगें थर-थर काँप रही हैं।

"पानी क्या एकदम ठण्डा था अम्माँ?" उसने सहमे स्वर में पूछा।

"अब दिन में बीस बार पानी कौन गरम करेगा जरा सुनूँ तो। बबुआ, अब हम भी साठ के हो चले हैं। भागवान होते तो मचिया पे बैठ के माला जपते होते। पर क्या करें–करमों का फेर है जो इस उमर में तुम्हारे यहाँ नरक उलीच रहे हैं।"

"मैं दवाई ले आऊँ इसकी!" श्याम ने कहा और छोटू को लिए-लिए ही सड़क पर चला आया। दरअसल इस समय बाहर जाने का जरा भी हौसला नहीं था उसमें। तीन-साढ़े तीन मील साइकिल चलाकर लौटता है तो बदन टूटने-सा लगता है। और वह घटिया साइकिल तो प्राण ही ले लेती है। घर लौटता है तो इच्छा होती है कि चुपचाप पड़ा रहे, किसी से बात भी न करे।

पर कहाँ हो पाता है यह! अम्माँ की चीख-पुकार, छोटे का रिरियाना, लड़कियों की धमाचौकड़ी और...और गीता का खाँसना-कराहना। कभी-कभी सोचता है, जिस उत्साह से घर लौटा करता था, वह घर कहाँ खो गया! तब तो घर पहुँचने की ललक में अन्तर पता ही नहीं चलता था। साइकिल और वह खुद–दोनों ही मानो हवा के घोड़े पर सवार रहते थे। और अब–चार पैडल के बाद ही दम फूलने लगता है।

बन्सी की गुमटी के पास से गुजरा तो याद आया–आज उसने चाय भी नहीं पी! अम्माँ से यह भी न हुआ कि एक कप चाय को ही पूछ लेतीं!

आते ही रामायण शुरू कर दी।

गुमटी की खड़खड़िया बेंच पर बैठते ही अतीत फिर एक बार उसकी स्मृतियों में कौंध गया।

सच, तब घर लौटना कितना सुखद लगता था! लगता था जैसे पूरा दिन उसकी प्रतीक्षा में बीता है। और ये प्रतीक्षा की घड़ियाँ उसके स्वागत की तैयारियों में बीती हैं। धुला-पुँछा घर, सजे-संवरे बच्चे, मुस्कराती पत्नी, गरमागरम चाय और मीठी-मीठी बातें! उसके घर लौटते ही एक रौनक-सी हो जाती। लगता कि वह कोई बाबू नहीं है, राजा है राजा! पूजा जिसकी आतुरता से बाट जोहती रही थी। तब मन कैसा पुलकित हो उठता था!

"मम्मी पाछ," छोटू कुनमुनाया तो वह वर्तमान में लौटा। सच तो, छोटू की मम्मी के पास तो वह भी नहीं गया है अभी! दफ्तर से लौटकर एक बार हालचाल जरूर पूछ लेता है वह। एक रुटीन है, एक कर्त्तव्यबोध है, बस। नहीं, उसे तो गीता की सूनी उदास आँखों से दहशत-सी होने लगी है।

छोटू रास्ते में ही सो गया था। उसे अम्माँ के पलंग पर लिटाकर वह पत्नी के कमरे में गया। निष्प्राण-सी वह बिस्तर पर लेटी थी। उसकी आहट पाते ही उसने आँखें खोल दीं। बड़ी-बड़ी आँखें-जो उसके सूखे चेहरे पर और भी बड़ी लग रही थीं, जिनके इर्द-गिर्द बड़े-बड़े काले घेरे बन गए थे। कहाँ गया वह रूप-लावण्य, जिसे देखकर वह रीझा था?

तबीयत पूछने को वह नीचे झुका तो एक बासी गंध नथुनों में भर गयी।

"उफ! यह चादर कब से नहीं बदली गयी?"

"क्या पता," मरी-सी आवाज में उसने कहा।

"जरा उठो तो।" श्याम ने कहा और फिर खुद ही उसे धीरे से उठाकर उसने एक मूढ़े पर बिठा दिया। पूरा बिस्तर झटकारकर नये सिरे से बिछाया। ओढ़ने-बिछाने की चादर और तकिये का गिलाफ निकाल फेंका।

फिर उसने बड़ी पेटी खोलकर चादरों का एक जोड़ा निकाला। बिन्दु के हाथ की कढ़ी चादरों में से अब यहाँ दो-चार बच गयी हैं। अपना एकान्तवास उसने सुई-धागे के सहारे ही काटा था। कमाल का जादू था उन अंगुलियों में! गीता देखती तो ठगी-सी रह जाती थी। कहती, 'इन्हें सहेजकर रखेंगे जी! मैं तो एकदम फूहड़ हूँ। कालिन्दी के दहेज में यही काम आएँगी।'

तभी खटर-पटर सुनकर अम्माँ दौड़ी आयीं।

"यह क्या हो रहा है?"

"बिस्तर ठीक कर रहा हूँ," उसने रूखेपन से उत्तर दिया।

"सो तो दीख ही रहा है कि रानी जी की सेवा हो रही है। कलियुग में यही सब तो होगा। पर मैं पूछती हूँ इस नई चादर का सत्यानास क्यों कर रहा है?"

"चादर है तो बिछाने के ही काम तो आएगी!"

"ठीक है, तुम्हारी मरजी। पर यह जो ढेर लगा रखा है, इसे धोएगा कौन?"

"धोबी के यहाँ डाल आऊँगा। तुम्हें परेशान होने की जरूरत नहीं।"

"धोबी मुफ्त में ही तो धोएगा जैसे।"

"ओफ्फो अम्माँ, बिना मतलब किटकिट मत करो। जब से आया हूँ, सुन रहा हूँ, मेरे तो कान पक गए हैं।"

आग में जैसे घी पड़ गया। अम्माँ ने वह चीख-पुकार शुरू की कि उस हो-हल्ले से छोटू जाग गया। अब अम्माँ के गर्जन-तर्जन में उसका रुदन भी शामिल हो गया। श्याम जान-बूझकर अनसुना कर गया। उधर आँगन में रखी पत्थर के कोयले की सिगड़ी चेत गयी थी। रोते छोटू को उठाते हुए अम्माँ ने हाँक लगाई, "कल्लो! कहाँ मर गयी? यह भी नहीं होता कि दो घड़ी भाई को ही उठा लें। अभी पेट में आग पड़ेगी तो सब की सब दौड़ी आएँगी, तब क्या परोसूँगी। अपना सिर?"

कल्लो उर्फ कालिंदी सहमी-सी घर में दाखिल हुई। उसके पीछे घिसटती-सी दोनों बहनें थीं—कावेरी और कामिनी। बिखरे बाल, मुचड़े फ्रॉक। स्याही सने हाथ। जापानी गुड़िया-सी लगने वाली इन लड़कियों का यह क्या हाल हो गया! कालिंदी दस बरस की उम्र में ही पुरखिन-सी लगने लगी है!

"कहाँ थीं तुम लोग?"

"रिंकी दीदी के यहाँ...सवाल समझ रहे थे।"

"यह हुलिया लेकर रायसाहब के यहाँ गयी थीं तुम लोग?" वह चीखा तो कालिंदी का चेहरा सफेद पड़ गया। छमाही परीक्षा में फेल होने पर अभी परसों ही तो उसे मार पड़ी है।

सिसकी की आवाज सुनकर उसने चौंककर देखा—दोनों हाथों में चेहरा छिपाए गीता रो रही थी। रुलाई के आवेग से उसकी पूरी देह हिल रही थी।

"अब तुम्हें क्या हुआ?" उसने खीझकर पूछा।

"मरती भी तो नहीं यह लड़की।"

"पढ़ने बैठती है तो अम्माँ की डाँट खाती है। फेल होती है तो तुमसे मार खाती है। स्कूल में रोज सजा मिलती है, सो अलग! जरा-सी जान कित्ता

सहेगी आखिर!"

सारा रोष, सारा उफान पल-भर में बिला गया। उसे स्वयं ग्लानि हो आयी। बर्फ की सिल्ली बना वह बैठा रह गया।

"सुनो!"

"क्या है?"

"अम्माँ कहाँ हैं?"

"पड़ोस में। ननद-भौजाई संग्राम में रैफरी बनकर गयी हैं। दो रोटी खाकर उठ आया हूँ...कब तक राह देखता! दफ्तर को वैसे ही रोज देर हो जाती है।"

पर गीता ने न तो उसके भूखे उठ जाने पर दुख प्रकट किया, न दफ्तर में लेट हो जाने पर चिन्ता ही प्रकट की। उलटे अनुरोध किया, "पाँच मिनट मेरे पास बैठ सकते हो?"

उसके स्वर के अनुनय को वह टाल न सका। सहमा-सा उसके पास आकर बैठ गया। जानता था, अम्माँ देख लेंगी तो आसमान सर पर उठा लेंगी। वे बेटे को बहू की छाया से भी बचाए रखती हैं। बीमारी से डरती हैं। इसीलिए दोनों पति-पत्नी बात करने को भी तरस गये थे। चौबीसों घण्टे अम्माँ की चौकीदारी चलती थी।

"क्या कह रही थी, जल्दी कहो। देर हो रही है।"

"तुम किसी तरह जाकर दीदी से माफी माँग सकते हो?"

"दीदी—मतलब बिन्दु दीदी," बड़ी मुश्किल से वह नाम ले पाई।

वह भीतर तक राख हो आया। गीता अपनी रौ में कहे जा रही थी, "बस एक बार जाकर माफी माँग लो। चलने लायक होती तो मैं भी साथ हो लेती। उनके पाँव पकड़ लेती। कहती—'दीदी, कसूर मेरा है। उसका दण्ड मेरे अबोध बच्चों को मत दो'।"

"तुम क्यों माफी माँगोगी? क्या किया है तुमने?"

"अनजाने ही सही, उनका हक तो छीना है। जरूर उनकी आत्मा मुझे श्राप रही है।"

श्याम ने नजर भरकर पत्नी को देखा। सचमुच वह किसी शापित देवकन्या-सी लग रही थी—उदास, हताश, विवर्ण। कितनी उमंग के साथ ब्याह कर आई थी! तब लगता था, जिन्दगी में चारों ओर फूल-ही-फूल बिखरे हैं।

पर फिर तीन-चार साल तक कोई बाल-बच्चा नहीं हुआ तो लगा कि

फूल कुम्हलाने-से लगे हैं! फिर कालिंदी का जन्म हुआ। जीवन एक बार फिर रंगीन लग उठा। पर एक के बाद एक तीन लड़कियाँ हो गईं, तो दोनों बुझ-से गये। चौथी बार नौ महीने बड़ी दुश्चिन्ता में कटे थे। शायद वही तनाव गीता को भीतर-ही-भीतर खोखला कर गया। अबकी बार लड़का तो हुआ, पर वह खटिया से लग गयी। न बीमारी पकड़ में आती है, न दवा लगती है। लड़का भी दिन-पर-दिन सूखता जा रहा है।

"अम्माँ जब-तब बिन्दु को कोसती रहती हैं—और बेचारियाँ तो मर जाती हैं, तब पकड़ती हैं। पर यह कुलच्छनी तो जीते-जी चुड़ैल बन गयी!"

"तुम भी अम्माँ की बातों में आ जाती हो। वह सूखी हँसी हँसकर बोला, "वह तो सठिया गयी हैं।"

"उनका दोष नहीं जी! थक जाती हैं बेचारी। कोई यह उम्र है उनके काम करने की? रसोई-पानी और चार बच्चों की साज-संभाल कोई हँसी-खेल है। दोनों वक्त खाना दे रही हैं, यही बहुत है...पर बच्चे अनाथों के-से घूमते रहते हैं तो बड़ा मन कचोटता है। इन लोगों के कारण तो मैं शान्ति से मर भी न पाऊँगी।"

अम्माँ लौट आयी थीं। वह एकदम उठ खड़ा हुआ। "दीदी से मेरे प्राणों की भीख माँग लेना, नहीं तो मेरे बच्चे अनाथ हो जाएँगे!" गीता ने कहा और होंठ भींच लिए।

सारा दिन उसकी आँखों में गीता का व्यथा में डूबा चेहरा घूमता रहा। कानों में उसका करुण स्वर बजता रहा, "दीदी से मेरे प्राणों की भीख माँग लेना, नहीं तो मेरे बच्चे अनाथ हो जाएँगे।'

उसकी क्षमा-याचना से अगर गीता को जीवन-दान मिल सकता है तो वह यह भी कर लेगा। पर किस-किस अन्याय के लिए क्षमा माँगेगा। बिन्दु भी कभी सप्तपदी चलकर उसके घर में आयी थी। पर उसे कौन-सा सुख दिया है उसने! या कौन-सा दुख है जो नहीं दिया?

सेकण्ड-इयर में पढ़ रहा था, तभी शादी हो गयी थी। सपने देखने की उम्र थी वह। पर पहली भेंट में पत्नी को देखा और सारे सपने चूर-चूर हो गये!

अम्माँ पर बुरी तरह बिगड़ा था वह। अम्माँ भी कहाँ खुश थीं। वह साथ में ढंग का साज-सामान नहीं लायी थी। बाबूजी जी नाराज़ थे। बरात का स्वागत-सत्कार ठीक से नहीं हो पाया था।

इसी अप्रिय वातावरण में दाम्पत्य का शुभारम्भ हुआ। पत्नी के प्रति अपनी वितृष्णा को छिपाने की श्याम ने जरा भी कोशिश नहीं की। बिन्दु ने भी भाग्य के लेख को चुपचाप स्वीकार कर लिया। पति के पैरों पड़कर उसने घर के किसी कोने में पड़े रहने की अनुज्ञा माँग ली, बस! जो उसका अधिकार था, उसे उपकार मान लिया।

पढ़ाई के लिए उन दिनों वह शहर में रहता था। आठवें दिन घर आता था। घर में पाँव रखते ही अम्माँ बहू की गाथा लेकर बैठ जाती। रात कमरे में पहुँचता तब तक मन कितना विषाक्त हो जाता। सोचता, रूप न सही औरत के पास गुण तो हो, काम करने का सलीका तो हो। बातचीत की तमीज़ तो हो! सारी रात कलह में ही कट जाती। सोमवार को शहर लौटता तो उसका मन तिरस्कार में आकण्ठ डूबा होता।

पास-पड़ोस की महिलाएँ यह नाटक देखतीं और बहू पर तरस खातीं। पता नहीं कैसे उसने सबकी सहानुभूति बटोर ली थी! नाते-रिश्ते की भाभियाँ जब भी मौका पातीं उसे समझाने लगतीं, "देखो लाला, तुम्हारी अम्माँ-सी खूबसूरत न सही, पर बहू इतनी गई-गुजरी भी नहीं। पर कोई उसे ढंग से पहनने-ओढ़ने तो दे। काम में भी इतनी सुघड़ है कि सारा दिन खटती रहती है। बस इतवार को ही अम्माँ उसे चूल्हे-चौके के पास फटकने नहीं देतीं।"

वह सुनता और चुप लगा जाता। उन लोगों से कैसे कहता कि शिकायतें तो बहाना-भर हैं। वह तो किसी तरह अपना आक्रोश उतारना चाहता है। अपने सपनों के बिखर जाने का एहसास उसे बार-बार गुस्से से भर जाता था।

अब कभी-कभी सोचता है, लोग क्या अनचाही बीवी के साथ गृहस्थी नहीं चलाते? पर उसके लिए जरूरी है घर वालों की संवेदना और सहयोग। लेकिन यहाँ तो हर कोई उनके बीच की खाई को पाटने की बजाय, चौड़ी करने पर ही तुला हुआ था। बाबूजी तो खैर हमेशा मिट्टी के माधो रहे हैं, पर अम्माँ ने कोई कसर नहीं छोड़ी थी।

उस रोज भी घर में पाँव रखते ही अम्माँ शुरू हो गयी थीं। पर इस बार जो सुनाया था, वह बहुत भयंकर था। एक तरह से बहू का कच्चा चिट्ठा खोलकर रख दिया था उसके सामने। अम्माँ को विश्वास हो गया था कि रज्जू हलवाहे के साथ बहू का चक्कर चल रहा है। नहीं तो पति की ऐसी अनचाही होकर भी कौन-सी लड़की ससुराल में पड़ी रहेगी!

पत्नी समझकर कभी प्यार नहीं किया था श्याम ने। पर पति के अधिकार

को वह भूल नहीं सका। एकदम शुरू हो गया।

हर अन्याय को चुपचाप सह जाने वाली बिन्दु इस बार बिफर उठी। बोली, "देखो, घर से निकालना हो तो साफ-साफ कह दो। लेकिन इस तरह का लांछन लेकर मैं नहीं जाऊँगी।"

उसकी वह दबंग आवाज, वह आक्रोश देखकर वह और भी तैश में आ गया, तब बिन्दु ने वह भयानक बात कही थी, "जानती हूँ, तुम्हारी माँ ने अपना अनाचार ढँकने के लिए मुझ पर यह तोहमत लगाई है। मेरे यहाँ रहने से उनकी आजादी में खलल पड़ता है न!"

फिर तो वह अपने आपे में नहीं रहा था।

ज़िन्दगी में बाबूजी ने दिलेरी का एक ही काम किया। अधमरी बिन्दु को गाड़ी में डालकर पास के कस्बे में उसके पिता के यहाँ छोड़ आये थे। बोले, "वे लोग दस जूते भी मारेंगे तो सह लूँगा। मैंने पाप ही ऐसा किया है। वह परायी लड़की मेरे घर में दुख पाती रही और मैं चुपचाप देखता रहा!"

ठीक ही कहती है गीता। बिन्दु की आत्मा सचमुच मुझे शाप देगी। बिन्दु के जाने के बाद ही यह अहसास हुआ कि पड़ोस के गणेशी चाचा का घर में जब-तब चला आना उतना सहज नहीं है। तब से अम्माँ से जैसे नफरत-सी हो गयी है। बाबूजी से और भी ज्यादा। क्यों वह चुपचाप यह अनाचार सहते सहे।!

तभी हिम्मत जुटा पाता तो शायद माफी माँगकर उसे घर लौटाया जा सकता था। पर यह सोचता ही रह गया और उन लोगों ने मुकदमा दायर कर दिया। कचहरी के वकीलों के चक्कर लगा-लगाकर जब वह बिलकुल खोखला हो गया, तब कहीं जाकर तलाक मिला। कोर्ट से तो बिन्दु को मासिक भत्ता देने का भी आदेश हुआ था, पर बिन्दु ने ही उन पैसों को लेने से इन्कार कर दिया और उसने राहत की साँस ली।

इतनी-सी तनख्वाह में क्या तो उसे देता, क्या खाता?

उसके बाद वासन्ती बयार-सी गीता उसके जीवन में आयी। उसके जादुई अस्तित्व से वर्तमान इतना सुन्दर, इतना मुखर हो उठा कि पिछला कुछ भी याद न रहा। वह हर बार सोचता, घर को स्वर्ग कैसे बनाया जाता है, कोई इस नन्ही-सी लड़की से आकर सीखे।

लेकिन उसका यह स्वर्ग धीरे-धीरे नर्क में बदलता जा रहा है। संचित सुख हाथों से फिसलता जा रहा है और वह कुछ नहीं कर पा रहा। सिर्फ असहाय-सा देखता रह जाता है।

गीता कहती है–"एक बार दीदी के पास हो आओ! उनसे माफी माँग लो। नहीं तो मेरे बच्चे अनाथ हो जाएँगे।"

वह दरवाजे के सामने आकर खड़ा हो गया।

इस दरवाजे पर उसके स्वागत में पलक पाँवड़े बिछ जाते थे, आज यहाँ वह याचक की हैसियत से खड़ा था। अपनी मरणासन्न पत्नी की बात रखने के लिए सारा अभिमान ताक पर रखकर आया था। पर अब कुण्डी खटकाने की हिम्मत नहीं पड़ रही थी।

भीतर से रामायण-पाठ की आवाज आ रही थी। शायद बाबूजी थे। शबरी का प्रसंग चल रहा था। वे विभोर होकर चौपाई पढ़ रहे थे।

उसे लगा, श्रीराम का नहीं, उसी का स्वागत हो रहा है। बिन्दु के बाबूजी और माँ, उसे देखकर ऐसे ही भाव-विभोर हो जाया करते थे। यह सोचकर उसने चौथी बार कुण्डी खटकाने के लिए साहस बटोरा तो ध्यान गया, अब तो दरवाजे पर घण्टी के लिए बटन भी लग गया है।

उसने धीरे से बटन दबा दिया। संगीत की स्वरलहरी वातावरण में गूँज गयी। रामायण पाठ थम गया। खट्-से एक स्विच ऑन हुआ और बाहर की बत्ती जल उठी। उस रोशनी में उसने देखा–वार्निश पुते दरवाजे पर चमकदार नेमप्लेट झूल रही है–

'बिन्दु पाराशर, एम.ए., पी-एच.डी., एल-एल.बी., प्रिन्सिपल विद्या निकेतन, जूनियर कॉलेज'।

वह ठगा-सा उस नेमप्लेट को पढ़ता रहा कि भीतर से खरखराती आवाज आयी, "कौन?"

इससे पहले कि वह जवाब देता, दरवाजा खुल गया। सामने बाबूजी खड़े थे–झकाझक सफेद धोती-कुर्ता पहने। कमरे की डिस्टेम्पर पुती दीवारें ट्यूब-लाइट की रोशनी में नहा गयी थीं। ऊपर पंखा चक्कर काट रहा था। गद्दीदार कुर्सियाँ थीं–सोफा, रेडियो...

"कहिए?"

वह चौंक गया। क्या बाबूजी ने सचमुच उसे नहीं पहचाना? क्या उन्हें कम दिखने लगा? इन पन्द्रह सालों में वह इतना बूढ़ा हो गया है कि पहचाना न जा सके?

"बिन्दु जी हैं?" उसने हिम्मत करके पूछा।

"नहीं। उसके यहाँ जलसा है। माँ-बेटी दोनों वहीं गयी हुई हैं।"

"भाभी!"

"कौन-सी?"

"वही बड़ी वाली...।"'

"वह ऊपर रहती हैं।"

"ऊपर तो तिवारीजी रहते थे न!"

"हाँ, तिवारियों का ही था यह घर। दो-तीन बरस हुए हमने खरीद लिया।"

"अच्छाजी," उसने नमस्ते की और लौट पड़ा। उन्होंने पहचाना नहीं, एक तरह से ठीक ही हुआ। बिन्दु घर पर नहीं थी, यह सुनकर भी उसे राहत ही मिली थी।

उसके पीछे जब दरवाजा बन्द हो गया, तब एक भरपूर नजर उसने घर पर डाली थी। सचमुच घर का कायाकल्प हो गया था। पहले आसपास के मकानों की तुलना में श्रीहीन-सा दिखने वाला यह घर अब गर्व से सिर उठाए खड़ा था।

इसी घर से कभी वह कितने सम्मान के साथ विदा होता था। पूरा घर जैसे साथ हो लेता था। बस-अड्डे पर एक हंगामा-सा हो जाता था।

उसी घर से, उसी गली से आज चोरों की तरह चुपचाप चला जा रहा था वह!

एक अपमान बोध उसे भीतर तक कुरेद गया।

तभी देखा—सब्जी के थैले लटकाए बड़ी भाभी सामने से झमाझम आ रही हैं।

पंद्रह वर्षों का लम्बा अन्तराल! बड़ी भाभी पर चरबी की दो-तीन परतें और चढ़ा गया था बस! उनमें और कोई फर्क नहीं आया था। तब भी वह उनके आकर्षण का कायल था। आज भी उनका मांसल सौन्दर्य उसकी आँखों को बाँध रहा था। बड़ी भाभी उन दिनों बड़ी रंगीन मिज़ाज की हुआ करती थीं। उसे बिन्दु में जरा भी रुचि नहीं थी, फिर भी वह हर तीज-त्योहार पर ससुराल पहुँच जाता था। बड़ी भाभी तब उसकी जमकर खातिरदारी करतीं। दिन-रात भौंडे मज़ाक करती हुई उसके पास ही मँडराती रहती थीं। मन की वितृष्णा बिन्दु के चेहरे पर झलकने लगती तो उसकी ठोड़ी छूकर प्यार से कहतीं, "हाय लली! जरा-सा मज़ाक ही तो कर रहे हैं। तुम्हारी अमानत पर डाका थोड़े ही डाल रहे हैं।"

पर श्याम जानता था, यह सिर्फ मज़ाक नहीं है। जरूर वे उसे चाहती हैं। उसके सुदर्शन व्यक्तित्व ने उन पर जादू कर रखा है।

उनसे रहा नहीं गया। वह सड़के के बीचोबीच रास्ता रोककर खड़ा हो गया, "भाभी, नमस्ते!"

लैम्पपोस्ट की रोशनी में वे देर तक उसे देखती रहीं। शायद उसमें वह बाँका-सजीला जवान खोजने की चेष्टा करती रहीं। बड़ी देर बाद उन्होंने पहचाना, "लाला हो क्या?"

और एकदम उनका चेहरा कठोर हो आया।

"कहो," उन्होंने रूखे स्वर में पूछा।

उनकी रुखाई से वह एकदम हड़बड़ा गया था। बोला, "कुछ नहीं, एक सरकारी काम से आया था। सोचा..."

"हाँ, अब तो यहाँ का सरकारी काम हमेशा ही निकला करेगा।"

"मैं समझा नहीं भाभी।"

"अरे लाला, इतने भोले तो तुम नहीं हो। सुन लिया होगा कि हम लोग अब जायदाद वाले हो गये हैं। पर इतना कानून तो हम भी जानते हैं भैया! तलाक के बाद अब तुम्हारा कोई हक नहीं बनता।"

"आप गलत समझ रही हैं भाभी!"

"अरे, तुम्हें तो हम खूब समझे हुए हैं लाला।" भाभी तमककर बोलीं, "हमें सब मालूम है। बहुरिया टी॰बी॰ में गली जा रही। इलाज के लिए मकान तक गिरवी रखना पड़ा है तुम्हें। सब मालूम है। तभी न यहाँ की याद आई है। जानते हो न कि बिन्दो पन्द्रह सौ महीना कमा रही है। सोचा होगा, माँगते ही नोटों की बरसात कर देगी...पर इस धोखे में मत रहना, कहे देती हूँ।"

उसी तरह झमझम करती हुई वे चली गयीं। वह पत्थर बना देर तक सड़क पर खड़ा रह गया।

उसी रात वह लौट पड़ा। कह देगा गीता से कि बिन्दु की कमाई पर गुलछर्रे उड़ाने वालों ने बिन्दु से मिलने नहीं दिया।

और अगर मिल भी लेता तो क्या होता? अपमान सहने के लिए वह मानसिक रूप से तैयार होकर आया था। पर बिन्दु भी अगर भाभी की तरह सोच लेती तो कैसे विश्वास दिलाता कि वह सिर्फ क्षमा माँगने आया है। कैसे कहता कि अभिशाप से मुक्ति के अलावा उसे और कुछ नहीं चाहिए।

सन्नाटा

दर्पण के सामने देर तक बैठने के बाद भी उसका मन नहीं भरा। मेकअप की हल्की-सी पर्त एक जादू-सा कर गयी थी, और वह अपने ही प्रतिबिम्ब पर मुग्ध हुई जा रही थी। कौन कहेगा कि वह पचास को छू रही है। उसका कुछ भी तो नहीं बदला है। उम्र के साथ चेहरा थोड़ा भर गया है—बालों में इक्का-दुक्का रुपहले तार झलमला रहे हैं—बस, पर इन बातों ने तो उसके सौन्दर्य को गरिमा ही प्रदान की है।

अब तो सारा दिन ही जैसे भागम-भाग में बीतता है। बिन्दी लगाने भर को वह आईने में झाँक पाती है। नहीं तो एक समय वह भी था जब वह घण्टों आईने के सामने बैठकर निहारा करती थी। उन दिनों कॉलेज भर में उसके रूप के चर्चे थे। इसी रूप-जाल ने तो गिरीश को बाँधा था। इसी के बल पर तो वह बिना किसी दान-दहेज के इतने बड़े घर में आ गयी थी।

बड़ा घर! याद आते ही उसका मन ऐसा कसैला हो उठा जैसे दाँतों के नीचे कोई कड़वी चीज आ गयी हो। बीते दिनों की स्मृतियों ने कोई मधुर रागिनी नहीं छेड़ी, बल्कि मन में एक टीस-सी उठी। वह एक झटके के साथ उठी और कपड़ों की अल्मारी के सामने जाकर खड़ी हो गयी। बेकार की बातों से वह इस समय अपना अच्छा-भला मूड बिगाड़ना नहीं चाहती थी।

साड़ी का चुनाव वाकई एक समस्या थी। अपनी रोजमर्रा की साड़ियों की ओर तो उसने झाँका भी नहीं। साल-दर-साल उन्हें ही पहनते वह ऊब चुकी थी। कुछ साड़ियाँ थीं जो समारोहों के लिए खरीदी गयी थीं। पर हर कपड़ा हर मौके पर खिलता थोड़े ही है। साड़ी ऐसी हो जो अवसर विशेष के अनुकूल हो—और उसकी सौम्य, सोबर इमेज भी बनाये रखे।

कपड़ों को उलट-पलट करते हुए उत्तरा को निशि बेतरह याद हो आयी। वह होती तो क्या उसे इतना सोचना पड़ता। वह तो पता नहीं कब से मुनासिब-सी साड़ी, मैचिंग चूड़ियाँ, पर्स, चप्पलें—सबकुछ निकालकर रख चुकी होती। उसके रहते मजाल थी कि मम्मी उल्टा-सीधा पहनकर या बेतरतीबी से बाल लपेटकर बाहर चली जायें।

कपड़े ही नहीं, उसका तो घर की हर समस्या पर अधिकार था। कोई भी काम उस पर छोड़कर निश्चिंत हुआ जा सकता था। उसके रहते घर कैसा भरा-भरा-सा लगता था। इस तरह द्वीपों में बँटा हुआ नहीं था।

उत्तरा को पी-एच॰ डी॰ मिली थी तब निशि मुश्किल से सोलह की रही होगी। स्टाफ मेम्बर्स पार्टी के लिए इसरार कर रहे थे। उत्तरा ने सोचा था—वहीं कैंटीन में कुछ खिला-पिला देगी। पर निशि अड़ गई:

"कॉलेज में क्यों मम्मी, क्या तुम्हारा घर नहीं है?" और पार्टी का सारा प्रबंध उसने अकेले ही किया। खाना तो खैर बनवाया गया था, पर प्लेटें, चम्मच, नैपकिंस, बर्फ यहाँ तक कि पान-सुपारी और ज़र्दे की व्यवस्था भी उसने इतनी सुघड़ता से की थी कि सब चकित रह गये। लोग अब फिर पार्टी माँग रहे हैं, पर अब उत्तरा की हिम्मत टूट गयी है।

यों कहने को तो घर में आशु भी है पर...

"आशु!" उसने आवाज दी। पर जैसा कि वह जानती थी कोई जवाब नहीं आया। आजकल तो वह बस अपने पापा के आसपास ही मँडराया करती है। निशि थी तो आशु भी उसके साथ लगी रहती थी। उसकी शादी क्या हुई—दोनों ही लड़कियाँ हाथ से निकल गयीं।

"आशु!" इस बार आवाज थोड़ी ऊँची थी और तल्ख भी।

"क्या है मम्मी?" मूर्तिमान बेजारी बनकर आशु सामने आकर खड़ी हो गयी।

उसके लहजे से उत्तरा का पारा चढ़ गया। वह भूल-सी गयी कि क्यों बुलाया था। रूखे स्वर में पूछा, "तुम अभी तक तैयार नहीं हुई। चलना नहीं है क्या?"

"कहाँ?...ओह! आज आपका फंक्शन है न।...सॉरी मम्मी, मेरा जाना नहीं हो सकेगा।"

"क्यों?"

"पापा को बुखार है।"

"कोई नयी बात है?"

"नयी न सही, पर ऐसी स्थिति में उन्हें अकेला तो नहीं छोड़ा जा सकता न।"

"दो घंटे महादेव उनके पास बैठ सकता है।"

"सो तो है, पर मम्मी, वहाँ सारी साहित्यिक बातें होंगी। मेरी समझ में

तो कुछ आयेगा नहीं, वैसे ही बोर हो जाऊँगी।"

"ठीक है।" उत्तरा ने विषय समाप्त करते हुए कहा।

आशु जैसे प्रतीक्षा ही कर रही थी। तुरन्त पलटकर चल दी। उत्तरा देर तक उसे देखती रही। इन दिनों वह एकदम अपनी माँ की प्रतिकृति-सी बनती जा रही है। पर मन से कितनी दूर फिंक गयी है। इसके विपरीत निशि एकदम अपने पापा पर गयी है। पर बचपन से ही वह मम्मी की बेटी रही है। पिछले दिनों तो वह बेटी से भी ज्यादा सखी बन गयी थी। कोई भी बात उससे निस्संकोच कहकर वह हल्का हो लेती है। निशि बड़ी बहन की तरह उसे सांत्वना देती, धीरज बँधाती। कभी-कभी तो उसका पक्ष लेकर पापा से भिड़ भी जाती थी।

शादी होते ही लड़कियाँ कितना बदल जाती हैं। सारी माया-ममता पता नहीं कहाँ खो जाती है। अब तो बस निखिल और मंटू—निशि की दुनिया इन दोनों में ही सिमटकर रह गयी है।

"मम्मी!" दुबारा अपनी बेजारी जताते हुए, आशु सामने खड़ी हो गयी थी, "वे लोग आ गये हैं।

"अरे, चार बज गये क्या?" उसने चौंककर घड़ी देखी, "आशु, उन्हें बिठाओ, पानी-वानी पिलाओ। मैं बस आ ही रही हूँ।"

अपने को आखिरी बार आईने में देखने के लिए वह मुड़ी तो उसमें निशि का खिंचा-खिंचा-सा चेहरा ही परिलक्षित हुआ। उत्तरा जल-भुनकर रह गयी। 'मेरे मेहमानों को एक गिलास पानी पिलाने में इसकी जान जाती है। पापा के लिए हर आधाा घण्टा बाद चाय बनाते समय इसके हाथ नहीं थकते।' वह बुदबुदाई पर सारा गुस्सा भीतर ही भीतर पी गई। इस समय वह अपना मन एकदम प्रसन्न रखना चाहती थी।

"हलो, एवरीबडी।" उसने बड़े खुशनुमा अंदाज़ में कहते हुए हाल में प्रवेश किया। पर वहाँ सतीश मेहता अकेला बैठा अखबार पढ़ रहा था। सामने ट्रे में पानी से भरा गिलास अनछुआ रखा था।

"चलो!" उसने कहा।

"बाय आल मीन्स, मैडम!" कहते हुए वह खड़ा हो गया, पर एकदम ठिठक गया।

"अंकल नहीं चलेंगे?"

दरवाजे पर पहुँच गयी थी उत्तरा, पर देखा कि सतीश अभी वहीं खड़ा है।

"नहीं, अंकल नहीं चलेंगे। उनकी तबीयत ठीक नहीं है।" स्वर को यथासाध्य तल्ख बनाते हुए उसने कहा।

"और आशुजी!" सतीश ने अस्फुट किंतु उत्सुक स्वर में पूछा।

"नहीं, वह कैसे आ सकती है? उनके पास भी तो कोई चाहिए। वैसे तो मेरा भी जाना मुश्किल ही था, पर अब तुम लोगों ने इतना बड़ा आयोजन कर रखा है और...।" यह कहते हुए वह खटाखट सीढ़ियाँ उतरकर गाड़ी के पास जाकर खड़ी हो गयी। मेहता को मजबूरन साथ आना ही पड़ा। पर उसके लिए दरवाजा खोलते हुए, अपनी सीट पर बैठते हुए और गाड़ी स्टार्ट करते हुए उसकी आँखें बराबर बन्द दरवाजे पर खिड़कियों के परदों पर लगी रहीं। पर उन्हें निराशा ही हाथ लगी।

'बेचारा सतीश!' उत्तरा को उस पर दया हो आयी, 'बेचारा जान छिड़कता है आशु पर। पर वह लड़की है कि एक मिनिट पापा को आँखों की ओट नहीं करना चाहती। साथ नहीं आई न सही, पर 'गुडलक' कहने दरवाजे तक तो आ सकती थी।...

'गुस्सा तो उसके पापा पर आता है। ऐसे नाजुक मिज़ाज हैं कि हर पल किसी का आँचल थामे रहना चाहते हैं। पाँच बहनों में अकेले भाई हैं–खूब लाड़-प्यार पाया है। अम्माँजी ने तो एकदम आँख की पुतली की तरह सहेजा है उन्हें। तभी तो, यथार्थ की धरती पर पैर रखते ही उनका दम फूल जाता है...'

जिस बीमारी का आशु इतना हौआ बना रही है उसकी नब्ज़ निशि ने खूब पकड़ ली थी, "कुछ नहीं मम्मी, यह सब जॉब सिकनेस है। ज़िम्मेदारियों से भागने के बहाने हैं। इन्हें सारी झंझटों से मुक्ति दे दीजिए। फिर देखिए, इन्हें कुछ नहीं होगा।"

बात एकदम सही थी–चाहे बिजली का बिल भरना हो या हाउसटैक्स, बच्चों का एडमीशन करवाना हो या खेत से गेहूँ लदवाना हो–गिरीश को कल्पना से ही बुखार होने लगता। बुखार न आता तो पीठ अकड़ जाती या सिर दर्द से फटने लगता। बच्चों की हारी-बीमारी में भी कभी उनका सहारा न मिला। निशि की सगाई के समय तो वे अस्पताल में ही भरती थे।

बच्चों की दादी जब तक रहीं, बेटे की बीमारी में घर सिर पर उठा लेतीं। उनकी इस हाय-तौबा में मूल प्रश्न जाने कहाँ बिला जाता। बहू को बार-बार कोसतीं, "अकेला आदमी, बेचारा कहाँ तक बोझा ढोता फिरेगा, एक लड़का

ही अगर हो जाता...।"

यह बात वे कुछ इस अंदाज़ में कहतीं मानो बेटा होता तो सीधा झूले से उतरकर बाप का हाथ बँटाने पहुँच जाता।

अम्माँजी की मृत्यु के बाद तो गिरीश एकदम जैसे निराश्रित हो गये। पहले तो उन्होंने उत्तरा का सहारा लेना चाहा। पर वैसी संवेदनशील सेवा वह कैसे करती? कब करती? आखिर बच्चे भी तो उसी को पालने थे। नौकरी भी अब उसके लिए शौकिया नहीं रही थी। वह जीवन की अनिवार्य आवश्यकता बन गयी थी। बड़ा घर मात्र एक छलावा था। सारे सब्ज़बाग दूर के ढोल निकले। वकालत की एक तख्ती जरूर टँग रही थी दरवाजे पर, ताकि कोई यह न कहे कि निठल्ले हैं, बीवी की कमाई खाते हैं। शेष तो बस उत्तरा जानती है, या उसका ईश्वर।

पत्नी से निराश होकर अब उन्होंने आशु का दामन थाम लिया है। उन्हें इस बात का कोई एहसास नहीं है कि इस तरह वे लड़की को तबाह कर रहे हैं। पता नहीं कैसे उसके मन में यह भय बैठ गया है कि उसकी शादी होते ही पापा एकदम अकेले पड़ जाएँगे।

अकेलापन क्या इतना भयानक होता है? आखिर उत्तरा भी तो जी रही है। वह तो बरसों से भीड़ के बीच का अकेलापन झेल रही है।

उसने तो कभी शिकायत नहीं की।

"मैडम!"

वह जैसे हड़बड़ाकर तन्द्रा से जागी। गाड़ी मछली की तरह फिसलती हुई कब कॉलेज पहुँच गई, उसे पता ही नहीं चला। पोर्च में उसके कुछ कनिष्ठ सहयोगी और विभाग के छात्र-छात्राएँ स्वागत के लिए खड़े थे।

गाड़ी से उतरते समय उसकी मनःस्थिति बड़ी अजीब-सी थी। अपने ही कॉलेज में इस तरह मेहमान बनकर आना उसे अटपटा लग रहा था। वह तो बार-बार मना करती रही। पर बच्चे माने ही नहीं। उसका गौरव, उसका सम्मान जैसे सबका हो गया था। इसे वे कैसे व्यर्थ होने देते।

यह सब कुछ इतना अनपेक्षित था कि उत्तरा स्वयं हैरान रह गयी थी। वर्षों के अध्ययन और परिश्रम के बाद उसने एक भारी-भरकम पुस्तक लिख डाली थी : 'भारतीय नारी की सामाजिक चेतना का उदय और विकास'।

बड़ी मुश्किल से तो वह कोई प्रकाशक जुटा पायी थी। उसने उस समय बस यही आशा की थी कि शिक्षा मंत्रालय द्वारा खरीद ली गयी तो पुस्तक

कॉलेज के पुस्तकालयों में पहुँच जाएगी। चार लोग इसे पढ़ेंगे तो उसका श्रम सार्थक हो जाएगा। पर आश्चर्य! पुस्तक तो अकादमी पुरस्कार जीत लाई।

उसे तो सुनकर कानों पर विश्वास ही नहीं आया था। उसके छात्र-जगत में तो आनन्द की लहर दौड़ गयी थी। पुरस्कार समारोह तो राजधानी में अगले महीने होना था। पर उन लोगों ने कॉलेज में उससे पहले ही एक सम्मान समारोह आयोजित कर डाला।

उसे हमेशा अपने विद्यार्थियों से इतना आदर और स्नेह मिलता रहा है कि छात्र-अनुशासनहीनता की पुकार मचाने वाले उसके सहयोगी अक्सर उससे ईर्ष्या करने लगते हैं।

फैकल्टी का वह छोटा-सा हॉल बड़े कलात्मक ढंग से सजाया हुआ था। हॉल में प्रवेश करते ही स्वयं प्राचार्य ने उठकर उसका स्वागत किया तो वह संकोच से गड़ ही गयी।

उसे पहले तो फूल-मालाओं से लाद दिया गया। फिर भाषणों का दौर प्रारंभ हुआ। छात्र तो उसकी इस उपलब्धि पर गद्‌गद थे ही, पर कुछ सहकर्मियों ने भी जब उसकी प्रशंसा के पुल बाँध दिये तो उसे सुखद आश्चर्य हुआ। प्राचार्य महोदय भी दो शब्द बोले। उत्तरा के कारण उनका यह कस्बाई कॉलेज देश के नक्शे पर आ गया था। प्रमुख अतिथि थे जिलाधीश महोदय। उसे सम्मान का प्रतीक वीणापाणि की मूर्ति भेंट करते हुए उन्हें भी औपचारिकतावश स्तुति में दो शब्द कहने ही पड़े।

वह सुनती रही और सोचती रही। काश! आशु यहाँ होती, उसके पापा होते। वे लोग जरा देख तो लेते कि घर से बाहर उसे कितनी इज्जत मिलती है, प्यार मिलता है।

पर वे यहाँ आते ही क्यों? पत्नी की गौरव-गाथा निस्पृह भाव से सुनने की सामर्थ्य उनमें कहाँ है। तभी न बुखार हो आया है।

उस दिन जब कुछ लोग यह सुसंवाद लेकर घर पहुँचे थे, तब भी तो वे सहज भाव से उसे झेल नहीं पाये थे। कैसी रोनी-सी आवाज में बोले थे, "भई, हमने तो उन्हें पूरी स्वतन्त्रता दे रखी है। जितना समय मिलता है, अपने विषय को दो। घर-बार की चिंता छोड़ दो। उसे हम संभाल लेंगे। अपन कोई बड़े विद्वान नहीं हैं। बस इतना ही योगदान दे सकते हैं।"

उनके हर शब्द से झाँकते हीनताबोध ने उसे उतना नहीं कचोटा जितना उनके झूठ ने। मन हुआ, सबके सामने उन्हें बेनकाब कर दे। बता दे कि वे

कितना घर-द्वार देखते हैं, पर चुप बनी रही।

कभी-कभी सुखी गृहस्थी का नाटक भी कितना जरूरी हो जाता है।

इस समय भी वह प्रसंग याद आते ही उसका मन फ़फकार उठा। सम्मान की सारी खुशी, सारा उत्साह ठंडा पड़ गया। रात-भर जागकर एक आलेख तैयार किया था। पर बोलने के लिए खड़ी हुई तो एक शब्द भी याद नहीं आया। पहली बार उसे कागज की जरूरत महसूस हुई। सुनने वालों ने समझा कि भाव-विह्वल हो जाने से उसकी वाणी अवरुद्ध हो गयी है। नहीं तो, वह तो साक्षात सरस्वती है। लौटते समय आधा दर्जन लोग साथ थे। फूल-मालाएँ और भेंट सामग्री उन्हीं के हाथ में थी।

दरवाजा वैसा ही बन्द था। चलते समय न तो किसी ने विदा किया था, न वहाँ कोई स्वागत में खड़ा था।

"अब चलेंगे, मैडम!" किसी ने कहा तो लगा मन पर हथौड़े की चोट पड़ी है। इतने बड़े हंगामे के बाद ये लोग उसे एकदम अकेला करके चले जाएँगे? कल्पना से ही वह सिहर उठी।

"ऐसे कैसे चले जाओगे?" उसने कहा, "एक-एक कप कॉफी तो पीते जाओ।"

और फिर उसने दरवाजे की घंटी जोर से दबा दी। इतनी जोर से कि उसकी आवाज से सन्नाटे की धज्जियाँ उड़ गयीं।

हमको दिया परदेश

पड़ोस के निखिल की चिट्ठी आई है, "बुआजी! रघु काका बहुत बीमार हैं। अस्पताल में भरती हैं, डॉक्टरों ने जवाब दे दिया है। यह चिट्ठी माँ ने उन लोगों से छिपाकर लिखवाई है।..."

निखिल यानी कि आनंद का लड़का। आनंद रघु का दोस्त तो है ही, राखी के नाते कुसुम को भी दीदी कहता है। अब तो खैर सब छिन्न-भिन्न हो गया है पर किसी समय दोनों घरों में प्रगाढ़ स्नेह था। आनंद की बहू ने उसे हमेशा बड़ी ननद का-सा मान-सम्मान दिया है। और कोई समझे न समझे, पर रघु के प्रति उसकी ममता को वह खूब समझती है। तभी तो उसने यह पत्र लिखवाया है। जानती है न, दीदी को तो बताना ही पड़ेगा।

"किसकी चिट्ठी है?" बहुत देर तक प्रतीक्षा करने के बाद उसके पति ने पूछा। कुसुम ने पत्र धीरे से उसके सामने सरका दिया। उसके पति चिट्ठियों के प्रति काफी सशंकित और जागरूक रहते हैं। पता नहीं कैसे उनके मन में यह बात पैठ गयी है कि तेंतीस-चौंतीस वर्ष तक अनब्याही रहने वाली महिला मन से तो कुँआरी रह ही सकती है। इसीलिए वे इन्दौर से आने वाले पत्रों के प्रति विशेष चौकस रहते हैं। इस पत्र को पढ़ने के बाद वह जिस तरह उदास और स्तब्ध हो गयी थी, उससे उनका संदेह और भी बढ़ गया था।

"फिर क्या सोचा?" पत्र पढ़कर लौटाते हुए पति ने पूछा।

"इसमें सोचना क्या है? जाना तो पड़ेगा ही।"

"भले ही वहाँ जाकर अपमानित होना पड़े!"

"यह समय क्या मान-सम्मान की चर्चा करने का है?"

"समय-असमय देखने का ठेका तो हमीं लोगों ने ले रखा है न! वे तो इस समय भी अपना अहंकार नहीं छोड़ेंगे! क्या खुद हमें सूचित नहीं कर सकते थे?"

"आप तो कमाल करते हैं।" कुसुम एकदम चिढ़ गयी, "वहाँ कोई शादी-ब्याह हो रहा है जो आप निमंत्रण की राह देख रहे हैं। वह बेचारा अस्पताल में पड़ा है, पता नहीं किस हालत में है। रमा बेचारी वैसे ही परेशान

होगी। घर को, बच्चों को देखेगी कि अस्पताल में उसकी सेवा करेगी? मेरा तो सोच-सोचकर ही जी बैठा जा रहा है।"

"अगर चाहती तो रमा ही हमें तार दे सकती थी। यह तो पड़ोसियों ने खबर भेजी है, वह भी उन लोगों से छुपाकर। यदि यों जिस-तिस के बलावे पर पहुँच जाओगी तो रमा तो यही कहेगी कि जायदाद में हिस्सा बँटाने आ पहुँची है।"

"भगवान के लिए चुप भी रहिए। आप तो ऐसे कह रहे हैं जैसे..." अपने ही मुंह से अपने इकलौते भाई का अशुभ कैसे कह देती। चुप हो गयी कुसुम।

"ठीक है।" उसके पति ने प्रसंग समाप्त करते हुए कहा, "जैसा ठीक समझो करना। जाना चाहो तो चली जाना। सुनील से कह दूँगा, वह रिज़र्वेशन करवा लेगा।"

"मतलब! आप नहीं चलेंगे?"

"नहीं, एक बार में ही काफी झेल चुका हूँ। अब अपने साथ मुझे मत घसीटो। इतना अपमान सहने लायक मोटी चमड़ी मेरे पास नहीं है।"

पति भुनभुनाते हुए चले गए। बेचारे अपमान की उस आग में अब तक झुलस रहे हैं। पता नहीं कितनी बार तो कुसुम को सुनाकर कह चुके हैं, "बुढ़ऊ ने लिया-दिया तो कुछ नहीं, बेइज्जती जरूर करवा दी।" वैसे अपमान तो कुसुम का भी हुआ था, पर सब कुछ भूलकर वह आज जाने को कटिबद्ध है। पति ऐसा क्यों नहीं कर पाते?

सच तो यह है कि जिस तरह वह अभी तक इस घर से जुड़ नहीं पाई है, उसी तरह पति भी अभी तक उस घर से कोई रिश्ता कायम नहीं कर पाए हैं। वैसा कोई वातावरण ही नहीं मिला। उन दोनों में भी अब तक एकात्म्य स्थापित नहीं हो सका है। एक भावनात्मक दूरी बनी हुई है। शादी एक नितांत व्यावहारिक अनुबंध था। एक फॉर्मेलिटी की तरह वे इसे निभाए जा रहे हैं।

सूटकेस में कपड़े तहाते हुए उनका मन अनायास ही बाबूजी के अंतिम दिनों की ओर लौट गया।

उसे अपने पर क्षोभ भी हुआ। पति का कहा तो वह बुरा मान गई, पर वह स्वयं भी तो रघु की बीमारी को बिल्कुल अंतिम छोर पर ले जा रही है। मन को फटकारने के बावजूद उसे बार-बार वही बातें याद आने लगीं।

बाबूजी का प्रोस्टेट का ऑपरेशन हुआ था। इस ऑपरेशन में वैसे ही नर्सिंग की बहुत जरूरत होती है। बाबूजी आँखों से लाचार तो थे ही, उम्र ने उन्हें और भी परास्त कर दिया था। इसीलिए रघु ने कुसुम को बुलवा भेजा।

घर पहुँचकर जैसा स्वागत हुआ था, उसी से कुसुम ने अन्दाज़ा लगा लिया था कि रमा को उसका आना अच्छा नहीं लगा। रघु ने शायद उससे छिपाकर या उसकी इच्छा के विरुद्ध ही दीदी को बुलवा भेजा है। और फिर सुविधा की दृष्टि से कुसुम ने जब प्राइवेट नर्सिंग होम का सुझाव दिया, तब तो मानो आग में घी पड़ गया। संभावित खर्च, अपनी गरीबी, बच्चों के भविष्य आदि को लेकर रमा ने जो वाही-तबाही बकना शुरू किया कि कुसुम सकते में आ गई। बाबूजी किस तरह के नर्क में दिन काट रहे हैं, यह सोचकर उसका दिल दहल गया।

कुसुम ने रमा के उलाहनों का कोई उत्तर नहीं दिया। बस रघु को समझा दिया कि इस समय बाबूजी का आराम सर्वोपरि है। वे लोग अच्छी-से-अच्छी व्यवस्था करेंगे। रघु को चिन्ता करने की जरूरत नहीं है। ऑपरेशन का सारा खर्च कुसुम उठाएगी।

रघु चुपचाप मान गया। उसके लिए यह कोई नयी बात नहीं थी। एक अरसे तक इस घर के सभी महत्त्वपूर्ण निर्णय और खर्च कुसुम ही किया करती थी। रमा पर इसकी क्या प्रतिक्रिया हुई, यह जानने की उसने जरूरत नहीं समझी।

पूरे डेढ़ महीने तक तन-मन-धन से सेवा करके कुसुम बाबूजी को मौत के मुँह से निकाल लायी। तीन हफ्ते नर्सिंग होम में रहने के बाद वह तीन हफ्ते घर पर भी उनके पास रही, उन्हें एक तरह से अपने पैरों पर खड़ा करके ही उसने दम लिया।

इस बीच उसके पति भी एक-दो बार आकर बाबूजी को देख गये थे। उसे बड़ा अच्छा लगा। तीसरी बार जब वे आये तो उसने विनम्र शब्दों में जाने की अनुमति माँग ली। उसके जाने की बात सुनकर बाबूजी की आँखें भर आयीं। पर रोकते भी कैसे अब तक? उसका अपना घर था; नौकरी थी, सब कुछ छोड़छाड़ कर यहाँ कब तक पड़ी रहती और यहाँ भी उसे कौन-सा मान-सम्मान या लाड़-दुलार मिल रहा था। वह सब कुछ केवल अपने बूढ़े पिता के लिए सह रही थी—बाबूजी जानते थे। उसकी सहनशीलता की परीक्षा भी आखिर कब तक ली जाएगी?

जब अगली सुबह जाना एकदम तय ही हो गया तो बाबूजी ने बेटे-बहू को पास बुलाया और कहा, "देखो, कुसुम ने इस घर के लिए जो कुछ किया है, हम कभी उसका ऋण नहीं चुका पायेंगे, यह उसी का बलबूता था कि रघु आज इतना बड़ा हो गया है, उसका लालन-पालन, उसकी पढ़ाई, उसकी शादी—सब कुछ उसकी दीदी के त्याग का प्रतिफल है। सिर पर यह जो छत बनी हुई है, यह भी उसकी मेहरबानी है। दुख है तो बस यही कि मैं उसके

लिए कुछ नहीं कर सका, उसकी शादी पर भी दान-दहेज तो दूर; ढंग की रौनक भी न हो सकी। रघु बेटे, यह बात मुझे हमेशा सालती रहती है। मरने के बाद भी यह कसक मन से नहीं जाएगी।"

"बाबूजी, आप कहना क्या चाहते हैं! साफ-साफ कहिए न," रघु ने अधीर होकर पूछा।

"रघु बेटे, अब तक जो हुआ सो हुआ, पर उसकी शादी के बाद तो उसका पैसा मुझे ज़हर लगता है। इस पाप से मुझे उबार लो।"

"कैसे?"

"अगर तुम लोगों को एतराज़ न हो तो ऊपर वाला हिस्सा मैं उसके नाम करना चाहता हूँ। वैसे भी वे दो कमरे उसी ने बनवाए हैं। जब तक रहेगी, आती-जाती रहेगी, बाप के घर का इतना पावना तो उसका है ही, बोलो क्या कहते हो?"

बाबूजी ने तो सिर्फ राय पूछी थी, एक असहाय इच्छा व्यक्त की थी, वे लोग चुप लगा जाते तो कुसुम को पता भी न चलता। पर रमा ने तो कुहराम मचा दिया। आवेश में आकर पता नहीं क्या-क्या कह गयी वह–

"तो यह चाल थी, अस्पताल में बाबूजी को यह पट्टी पढ़ाई गयी है, तभी न प्राइवेट वार्ड दरकार था। ऐसी बातें सबके सामने थोड़े ही कही जाती हैं। वाह, मियाँ-बीवी ने मिलकर खूब सेवा की है। तीन-चार हजार रुपये खर्च कर दिए और बूढ़े को खरीद लिया...?"

कुसुम तो शर्म से गड़ गई, वह कैसे विश्वास दिलाए कि इस प्रस्ताव का 'क ख ग' भी उसे मालूम नहीं है। और उसके साथ में उसके पति को क्यों लपेटा जा रहा है? वे तो बेचारे केवल औपचारिकताएँ निभाने आते रहे हैं। उनके आने पर घर में हमेशा ही नाटक होता था, पर इस बार तो हद हो गयी। रमा ने उचित-अनुचित, कहनी-अनकहनी–किसी का भी परहेज नहीं किया!

उसकी बमबारी अभी चल ही रही थी कि वे अपनी अटैची उठाकर उसके सामने आ खड़े हुए।

"चल रही हो?" उन्होंने गुर्राकर पूछा।

"अभी! लेकिन रिज़र्वेशन कल सुबह का है।"

"रात-भर किसी होटल में ठहर लेंगे, पर मैं यह अपमान अब और बर्दाश्त नहीं कर सकता।"

कुसुम ने भी साथ जाना चाहा, पर रघु के आँसुओं ने, बाबूजी की करुण पुकार ने पाँवों में बेड़ियाँ डाल दीं। और एक तरह से यह अच्छा ही हुआ। पति का मन रखने के लिए चली जाती तो जीवन-भर मन कचोटता रहता;

क्योंकि वह रात बाबूजी के लिए कालरात्रि साबित हुई, रोग से, बुढ़ापे से तो जर्जर थे ही, यह महाभारत उन्हें भीतर तक हिला गया। प्रातः तैयार होकर जब विदा लेने पहुँची तो कुसुम ने देखा कि पता नहीं, किस अज्ञात पल में वे अग-जग से विदा ले चुके हैं।

तेरह दिन और रुकना पड़ गया। ये तेरह दिन उसे तेरह साल से लंबे और उबाऊ लगे, पिता की मृत्यु का समाचार सुनकर उसके पति ने उसके गुरु गम्भीर अपराध को क्षमा तो कर दिया था, पर दुबारा उन्होंने इस घर में पाँव नहीं रखा। रमा हर आने-जाने वाले के सामने ननद की यशोगाथा कहती रही कि पति इतना कहते रहे पर ये साथ नहीं गयीं। जायदाद के लालच में बाप का इन्तज़ार करती रहीं।

जायदाद ऐसी थी भी क्या—पुरखों का बनाया एक अदना-सा जीर्ण-शीर्ण मकान। कुसुम ने ही उस पर बरसों बाद रंग-रोगन करवाया था। फ्लश वाले टॉयलेट बनवाए थे, बरामदे में जाली लगवाई थी, बाहर सीमेंट की बाउण्ड्री वॉल बनवाई थी। कुसुम ने ही ऊपर दो कमरों का सेट बनवाया था। कहती, रिटायर हो जाने पर बस यही मेरा बसेरा होगा। दिन-भर लेटकर पढ़ाती रहूँगी। रघु के बच्चे मेरी थाली ऊपर दे जाएँगे।

यह बात और है कि रघु की बहू ने आते ही उन कमरों पर अपना हक जमा लिया था। उसका कहना था कि नीचे के कमरों में कोई प्राइवेसी नहीं थी। कुसुम के ससुराल जाने के बाद भी इस व्यवस्था में कोई परिवर्तन नहीं आया था। नीचे बाबूजी के पास महरी का लड़का हरिया सोने लगा था।

इस मकान का कुसुम को कोई लालच नहीं था, बरबस एक मोह था जो हर किसी को अपने घर से होता है। बत्तीस वर्ष तक कुसुम का यही घर था। उसका बस चलता, तो सारा जीवन वह इसी छत के नीचे गुज़ार देती।

शादी करने का सचमुच उसका कोई इरादा नहीं था। माँ की मृत्यु ने उसे दस वर्ष की उम्र में ही एक व्यस्त गृहिणी, एक ममतामयी माँ बना दिया था। ढाई-तीन साल के रघु को कुसुम ने सचमुच अपनी छाती से लगाकर पाला था, अपनी सारी इच्छा-आकांक्षाएँ उसी में केन्द्रित कर दी थीं। उसका बचपन एकदम विदा हो गया था और वह असमय ही बुजुर्ग और समझदार बन गयी थी। उसी समझदारी की बदौलत उसने पढ़ाई में कभी कोताही नहीं की, इतनी सारी ज़िम्मेदारियों के बावजूद भी हमेशा अच्छे नम्बरों से पास होती रही और गली-मोहल्ले के बच्चों की आदर्श बनी रही।

बाबूजी को तो कुछ होश नहीं था। वे हमेशा अपने काम में और दुख में

डूबे रहते। जिस दिन कुसुम का बी० ए० का रिजल्ट निकला तो मिठाई माँगने वाले पड़ोसियों ने ही बाबूजी को याद दिलाया कि लड़की अब सयानी हो गयी है, उसकी शादी की फिक्र कीजिए।

वे तो जैसे नींद से जाग पड़े। ये बीच वाले वर्ष कब और कैसे बीत गये, उन्हें पता नहीं था, कुसुम को देखकर तो उनके होश उड़ गये और उन्होंने भाग-दौड़ शुरू कर दी। तीन-चार महीनों के अथक परिश्रम के बाद देख-सुनकर एक जगह बात पक्की कर दी थी।

वह तो शादी भी हो ही जाती पर लड़के की ज़िद थी कि लड़की एम० ए० पास हो, सो दो साल के लिए बात टल गयी। ये दो साल बाबूजी के लिए बहुत ही कीमती थे। हबड़-तबड़ में वह अनाप-शनाप तय कर बैठे थे। अब उन्हें मानो इंतज़ाम के लिए मोहलत मिल गयी। कुसुम भी खुश थी। अब उसकी पढ़ाई बीच में नहीं छूटेगी। इन दो वर्षों में रघु भी कुछ और बड़ा और समझदार हो जाएगा। कौन जानता था कि विधाता ने यह व्यवस्था बहुत सोच-समझकर की थी।

वह अपने फाइनल की तैयारी में व्यस्त थी कि एक हादसा हो गया। बाबूजी की फैक्टरी के एक प्लांट में अचानक विस्फोट हो गया और दो व्यक्तियों की दुर्घटनास्थल पर ही मृत्यु हो गयी। बाबूजी सौभाग्य से बच तो गये पर उनकी आँखें जाती रहीं।

कारखाने से जो नाममात्र का मुआवज़ा मिला वह उनके इलाज में ही खर्च हो गया। अस्पताल-दर-अस्पताल, ऑपरेशन-दर-ऑपरेशन के बाद वे इस लायक तो हो गये कि घर में टटोलकर घूम-फिर लें, पर बाहर के काम के नहीं रहे। कभी पान-तम्बाकू के लिए भी पास की दुकान तक निकल जाते तो कुसुम का दिल उनके लौटने तक सूली पर टँगा रहता।

जिस दिन उसका एम० ए० का रिजल्ट निकला, घर में पहली बार महाभारत हुआ।

पड़ोस के शामू काका को बुलवाकर बाबूजी उसकी ससुराल में चिट्ठी लिखवा रहे थे कि वह सामने आकर खड़ी हो गयी और बोली, "बाबूजी, यह चिट्ठी नहीं जाएगी।"

बाबूजी तो उसकी ढीठता पर अवाक् रह गये थे। शामू काका ने ही उसे झिड़का था, "तू अपना काम कर छोकरी, बड़ों के बीच में बोलने की जरूरत नहीं है।"

"मैं अपना काम ही कर रही हूँ काका।..." कुसुम ने एक तरह से उनकी

अवमानना करते हुए कहा और फिर पिता की ओर मुख़ातिब होकर बोली, "आप सुन रहे हैं न बाबूजी! यह चिट्ठी नहीं जाएगी।"

"मगर क्यों?"

"मैं अभी शादी नहीं करूँगी।"

"शादी नहीं करेगी?" शामू काका बौखलाए, "तो फिर क्या करेगी?"

"मैं नौकरी करूँगी! रघु को पढ़ाऊँगी! उसे बड़ा आदमी बनाऊँगी। जब तक वह अपने पैरों पर खड़ा नहीं हो जाता, मैं शादी की बात सोच भी नहीं सकती।"

"तब तक क्या वे लोग तेरे आसरे बैठे रहेंगे?"

"न बैठें, बल्कि जब लिख ही रहे हैं तो यह लिख दीजिए कि यह संबंध अब समाप्त समझें। वे दूसरी जगह बात चला सकते हैं।"

"देखो कुसुम! भावुकता में तो यह बातें अच्छी लगती हैं, बट बी प्रैक्टीकल। इस तरह..."

"...काका, आप भी तो थोड़ा प्रैक्टीकल होने की कोशिश कीजिए। जरा सोचिए तो, बाबूजी को इस हालत में क्या भगवान भरोसे छोड़ दूँ? नहीं काका, कम-से-कम रघु की बहू आने तक तो मेरी शदी का सवाल ही नहीं उठता।"

"तब तक क्या तेरी शादी की उम्र रह जाएगी?"

"तो नहीं करूँगी, कोई जरूरी है? अपने सारे अरमान मैं रघु की शादी में पूरे कर लूँगी।"

बाबूजी बहुत बिगड़े, उन्होंने बहुत मनाया, समझाया-बुझाया पर वह टस से मस नहीं हुई। उसके भावी ससुर खुद चलकर उनके दरवाजे आये और रघु की पढ़ाई का ज़िम्मा लेने की बात की। पर वह नहीं मानी। बात अकेले रघु की ही तो नहीं थी, बाबूजी भी तो थे। क्या वे भी ज़िन्दगी-भर आश्रित की तरह उसकी ससुराल की देहरी पर पड़े रहेंगे? नहीं, कभी नहीं।

सगाई में चढ़ाई गयी चेन और अँगूठी नम्रता से ससुर के चरणों में रखकर उसने हाथ जोड़ लिए। एक तरह से उसने अपना निर्णय सुना दिया था। सगाई की बनारसी साड़ी लौटाने का उसे साहस नहीं हुआ; क्योंकि यहाँ-वहाँ, ब्याह-शादियों में वह उसे दसियों बार पहन चुकी थी। उस साड़ी को उसने संदूक की तलहटी में तहाकर रख दिया। अपने अरमानों की तरह।

बहुत दिनों तक मन में एक क्षीण आशा बनी रही कि किसी दिन एक पत्र आयेगा। लिखा होगा–'कुसुम! चिंता क्यों करती हो, जब हम एक हो रहे हैं तो हमारे सुख-दुख, हमारी ज़िम्मेदारियाँ अलग कहाँ रहे? हम लोग साथ-साथ यह भार ढोएँगे। वह जो रुपया बाबूजी ने तुम्हारी शादी के लिए

जोड़ रखा है, वह उन्हीं के लिए उठाकर रख दो। हमें उसकी जरूरत नहीं है।'

यह आशा मात्र दुराशा थी, और इसे कुसुम भी जानती थी। इस तरह की शादियों में लड़के या लड़की की हिस्सेदारी होती ही कितनी है। अच्छा-बुरा, सही-गलत जो भी निर्णय होता है, बड़े ही लेते हैं। अगर इतनी बड़ी समस्या सामने न होती तो क्या कुसुम भी मुँह खोल पाती?

उसने अपने सारे सपने समेटकर रघु में केन्द्रित कर दिए और आर्थिक मोर्चे पर डटकर खड़ी हो गयी।

विधाता ने कुसुम की किस्मत का आलेख बड़ी फुरसत में तैयार किया होगा। दस साल की आयु में वह रघु की माँ बन गयी थी, बाईस की होते-न होते उसे रघु के पिता की भूमिका निभानी पड़ी। वह तो एक तरह से बाबूजी की भी अभिभावक बन गयी।

जो थोड़ा-बहुत फर्नीचर उसे देने के लिए खरीदा गया था, उसे कुसुम ने घर में सजा लिया। बर्तन रघु की गृहस्थी के लिए उठाकर रख दिए। दहेज की जो रकम बैंक में पड़ी थी, कुछ दिनों तक वही गुजारे का साधन बनी। इस बीच वह निरंतर किसी अच्छी नौकरी के लिए प्रयास करती रही। नौकरी जो तीन प्राणियों को दो वक्त का खाना दे सके—साथ ही रघु की पढ़ाई का खर्च भी जुटा सके।

बाबूजी की आकस्मिक बीमारी ने और घर की डावाँडोल परिस्थिति ने पढ़ाई में बहुत व्यवधान उपस्थित कर दिए थे। रिजल्ट के लिए कुसुम बहुत ज्यादा आशान्वित नहीं थी, पर वह हमेशा की तरह अच्छा ही रहा। कुछ भले लोगों की सिफारिश से उसे एक प्राइवेट कॉलेज में नौकरी भी मिल गयी।

नौकरी की ओर से निश्चिन्त हो जाने के बाद उसने अपने भीतर के खालीपन को भरने के लिए पी-एच॰डी॰ का रजिस्ट्रेशन करवा लिया। शोध प्रबंध पूरा होने में तीन-चार साल और लग गये। उस बीच कॉलेज भी सरकारी हो गया। शासन के अधिग्रहण के साथ ही वेतनमान में एकदम अप्रत्याशित वृद्धि हो गयी। लगातार अभावों से जूझने के बाद कुसुम को थोड़ी साँस लेने का मौका मिला।

पर वह चुप नहीं बैठी। हाथ थोड़ा खुलते ही उसने घर को संवारना शुरू किया। पुरखों के उस पुराने मकान का संपूर्ण काया-पलट कर दिया। जो भी देखता प्रशंसा करता। लोग कहते—"क्या लड़की है! इसने तो लड़कों को भी मात दे दी। पूरे घर का उद्धार कर दिया।" कुछ हितैषी समझाते—"कुसुम, इतना शाहखर्च मत करो, कुछ भविष्य के लिए भी बचाकर रखो।"

"भविष्य की चिंता मैं क्यों करूँ! रघु है तो, और फिर मेरी पेंशन भी तो मिलेगी।"

शुभचिंतक कहते–"हाँ, अपनी पेंशन का भरोसा तुम कर सकती हो, पर आजकल तो बच्चे भी अपने नहीं रह जाते, रघु तो भाई है।"

कुसुम हँसकर रह जाती, सोचती, 'अभी इन्होंने मेरे रघु को देखा ही कहाँ है!'

महिलाएँ शंका प्रदर्शित करतीं, "रघु तुम्हारी तरह ज़िंदगीभर अकेला तो रहेगा नहीं। कल को उसकी शादी होगी, घर में बहू आएगी तब?"

"तब का भी इंतज़ाम कर रखा है।" कुसुम हँसकर कहती, "ऊपर दो कमरे बनवा रही हूँ। रघु की बहू से पटरी बैठ गयी तो ठीक है नहीं तो ऊपर ही बना-खा लिया करूँगी। बुढ़ापे में वहीं बैठकर रघु के बच्चों को पढ़ाऊँगी।"

सहयोगी प्राध्यापिकाओं को बड़ा गुस्सा आता, "क्या बड़ी-बूढ़ियों की तरह बोलती हो। जब देखो रघु की बात! कभी अपने बारे में भी सोचा है। कोई तुम्हारी शादी की उम्र बीत गयी है क्या?"

"उम्र न सही, पर इच्छा जरूर चुक गयी है।" वह कहती, "अब तो मैं अपने सारे अरमान रघु की शादी में ही पूरे करूँगी। ऐसी धूमधाम करूँगी, देखना और ऐसी चाँद-सी दुल्हन लाऊँगी कि सब देखते ही रह जायेंगे।"

कुसुम ने अपनी हर बात सच करके दिखाई। उसके लाख प्रयासों के बावजूद रघु बहुत आगे नहीं जा सका। बैंक की क्लर्की से ही संतुष्ट होकर रह गया। पर उसकी शादी में वह जश्न हुआ कि मोहल्लेवालों को बरसों तक याद रहा। और लड़की तो पता नहीं वह कहाँ से खोजकर लायी थी। पास-पड़ोस में, नाते-रिश्ते में आज तक इतनी सुंदर दुल्हन डोली से नहीं उतरी थी।

किसे मालूम था कि डोली से जो उतरा है, वह चाँद का टुकड़ा नहीं, एक चिंगारी है। जो सारे मधुर संबंधों में आग लगाकर ही दम लेगी। अपंग ससुर और अनब्याही ननद के साथ ज़िंदगी-भर निभाव करने की कल्पना मात्र से ही उसका मन कड़वाहट से भर गया था। इसी पूर्वाग्रह के साथ उसने घर में प्रवेश किया था। और उसके मन का यह कलुष शीघ्र ही बात-बात पर प्रकट होने लगा।

अपंग जरूर थे बाबूजी, पर दुनियादार व्यक्ति थे। उनकी आँखें खराब थीं, पर कान तो साबुत थे। घर में दिन-भर जो कुछ घटता रहता, उससे वे शीघ्र ही परेशान हो गये। उन्होंने बार-बार कुसुम से कहना शुरू किया, "बेटे, मेरी आँखें मुँदने से पहले तुम अपने घर चली जाओ तो अच्छा हो। नहीं तो शायद मैं शांति से मर भी न सकूँगा।"

कुसुम हँस पड़ती। बाबूजी कैसी भाषा बोल रहे हैं आजकल! अपना घर! कहाँ है उसका अपना घर? वह तो कब का इस घर में समाहित हो गया!

"आपको भी बाबूजी, बैठे-बिठाए पता नहीं क्या हो जाता है?"

"मज़ाक की बात नहीं है बेटी। जो कुछ भी मैं दिन-रात सुनता हूँ न, काश वह तुझे बता सकता।"

"कुछ बताने की जरूरत नहीं है बाबूजी। मैं सब समझती हूँ। लेकिन मैं किसी की परवाह नहीं करती।"

कुसुम को मालूम है कि रमा और उसके परिवार वाले कुसुम के बारे में क्या सोचते हैं। शादी में वह अपने कानों सब सुन चुकी है। उसे लेकर औरतों में बड़ी खुसुर-फुसुर हो रही थी–

"यह रमा की ननद है। अनब्याही है। इन्हीं के साथ रहती है। बड़ी रुआब वाली है। इसी ने लड़के को पढ़ाया-लिखाया है। घर में इसी का राज है। इसी का हुकुम चलता है।"

और फिर इन आवाजों से अलग एक तीखा स्वर उभरा था। यह रमा की बड़ी बहन थी: "अरे सास होती तो चार-पाँच साल में मर-खप जाती। यह तो ननद है, हट्टी-कट्टी है। ज़िन्दगी-भर छाती पर मूँग दलेगी। रमा से कहो, इसे जल्दी से शादी करके चलता करे।"

कुसुम ने इस घटना का ज़िक्र किसी से नहीं किया था, पर सावधान हो गयी थी। उसने अपने-आप ही घर के अन्दरूनी मामलों से मन हटा लिया था और सारे अधिकार रमा को सौंप दिये थे। रघु को ब्याहने की जो एक ललक थी, उत्साह था, वह इस वातावरण में मद्धम पड़ चुका था। पर उसने अपनी यह हताशा बाहर प्रकट नहीं होने दी। लोग तो खार खाये बैठे थे, "कुसुम, हमने तो पहले ही कहा था, भाई के साथ कभी निबाह हुआ है! अरे भाई लाख अपना है, पर भाभी? वह तो पराये घर से आयी है।"

बाबूजी किस बात को कहने में हिचकिचा रहे थे, वह कितनी भयंकर है, यह अगर कुसुम जान जाती तो बात को इतनी आसानी से न उड़ा देती। वैसे भी उसे अधिक प्रतीक्षा नहीं करनी पड़ी। वह घिनौना सच एक दिन उसके सामने आ ही गया।

उस दिन कुसुम कॉलेज के लिए तैयार हो रही थी। जिस दिन साढ़े दस का पीरियड होता, वह इत्मीनान से तैयार होती थी, क्योंकि उस दिन बस के लिए भाग-दौड़ नहीं करनी पड़ती थी। रघु बैंक जाते समय उसे छोड़ देता था।

वह अपने नोट्स वगैरह सँभाल रही थी कि रमा का स्वर सुनाई दिया, "सुनो, मुझे जरा हॉस्पिटल तक छोड़ दो। चेक-अप करवाने जाना है।"

"तो पहले बताना था न! अब तो लेट हो जाऊँगा।"

"लेट कहाँ से होगे, घड़ी देखो जरा।"

"अभी दीदी को भी तो छोड़ना है। पहले पता होता तो दीदी बस से निकल जातीं।"

कुसुम फुर्ती से बाहर आई और बोली, "रघु, मेरी फिक्र मत कर, मैं तो ऑटो से भी चली जाऊँगी, पर रमा के साथ तुम्हें जाना चाहिए। हॉस्पिटल क्या कोई अकेले जाता है?"

"रहने दीजिए, मैं ही ऑटो कर लूँगी। दिन-भर इनके ताने कौन सुनेगा!" कहती हुई रमा फर्राटे से सीढ़ियाँ उतर गयर।

कुसुम उसके पीछे भागी-भागी सड़क तक गयी, "रमा! रुक जाओ, ऑटो में तुम्हारा अकेले जाना ठीक नहीं है।"

"तो आप क्यों परेशान हो रही हैं?" सामने से गुज़रते ऑटो रिक्शा को रुकने का संकेत करते हुए रमा ने कहा, "जिन्हें फिक्र होनी चाहिए, वे तो कान में रुई दिए बैठे हैं, उन्हें तो बस आपकी फिक्र है। बस आपको असुविधा न हो, फिर बीवी चाहे भाड़ में जाए। हुँह, ननद न हुई, मेरी सौत हो गई!"

कुसुम स्तब्ध रह गयी। लगा, जैसे किसी ने गर्म सीसा कानों में उँडेल दिया हो। वह पागलों की तरह सड़क पर खड़ी रही। वाहनों से उड़ती धूल को देखती रही। बरामदे में उसकी प्रतीक्षा में खड़े रघु का सामना करने का साहस न रहा।

"अपना घर तो बसा नहीं पायी, अब मेरी गृहस्थी उजाड़ने पर तुली है!" स्कूटर की घरघराहट से ऊपर उठता रमा का यह अन्तिम वाक्य कई दिनों तक उसके मन पर हथौड़े की तरह चोट करता रहा। और उसी पीड़ा ने जन्म दिया एक निश्चय को, कि अब उसे विवाह कर ही लेना है। चाहे जैसे भी हो, इस घर से अलग अपना एक घर बसाना ही है।

निश्चय कर लेना तो बहुत आसान था, पर उसे कार्यान्वित करना उतना ही दुष्कर। किससे कहती कि उसके लिए वर की तलाश करें? रघु से? बाबूजी से? या अपने सहयोगियों से? और किस मुँह से कहती। अपने तथाकथित वैराग्य का झंडा तो वह बड़े जोर-शोर से गाड़ चुकी थी।

फिर उसने चुपचाप सारे अखबारों के मैट्रिमोनियल पढ़ने शुरू कर दिए। चोरी-छिपे कुछ मैरिज ब्यूरो से सम्पर्क स्थापित किया। एक वधू-वर सूचक

समिति में नाम भी लिखवा दिया।

उसका भाग्य अच्छा था, ज्यादा प्रतीक्षा नहीं करनी पड़ी। बहुत जल्दी ही एक मुनासिब-सी जगह बात तय हो गयी। श्रीमान विधुर थे, गजेटेड अफसर थे। दो किशोर वय बच्चे थे। घर में एक बूढ़ी माँ थी, बस। इससे बेहतर रिश्ते की कुसुम ने कल्पना भी नहीं की थी।

बात एकदम पक्की होने तक उसने किसी को हवा भी नहीं लगने दी। बाद में जिसने सुना, स्तब्ध रह गया : "यह क्या किया कुसुम! हमसे कहा होता। एक से एक अच्छे लड़के नज़र में थे। तुम्हारी अभी कोई इतनी उम्र तो नहीं हुई थी!"

"उम्र से क्या होता है! मन में वह नवेलियों वाली उमंग तो नहीं रही न! मुझे एक घर चाहिए था, वह मिल रहा है, बस।"

पर अपने उस घर में स्थायी रूप से बसने का मुहूर्त भी दो साल बाद आया। इतनी अच्छी सरकारी नौकरी छोड़ने का मन नहीं था। और ट्रांसफर में भी दिक्कतें पेश आ रही थीं।

इस बीच रघु के यहाँ दो बच्चे हो गए थे। कुसुम दिन-भर इन खिलौनों में खोयी रहती। रमा गली-मोहल्ले बिफरती फिरती, "पहले मेरे पति पर जादू कर रखा था, अब बच्चों को छीन रही है। इतना शौक है तो अपने कर ले न दो-चार!"

कुसुम जानती थी और शायद रमा भी जानती थी कि कुसुम के बच्चा नहीं होगा। उसके पति ने कोई बात छिपाई नहीं थी। तब इस बात को कुसुम ने गंभीरता से नहीं लिया था। सोचती थी, वह तो अपनी ममता रघु पर लुटा कर तृप्त हो चुकी है। पर अब रघु के बच्चों को देखकर लगता था कि हर बात की अपनी एक उम्र होती है। दस वर्ष की अवस्था वात्सल्य के लिए आदर्श नहीं होती है। रघु के बच्चों से कुछ ऐसा मोह हो गया था कि सोचती, स्थानांतरण जितनी देर से हो, अच्छा है। बच्चे उसके नये घर में भी थे। पर उन्हें छाती से लगाकर प्यार नहीं किया जा सकता था। वे तो उसे केवल पिता की पत्नी के रूप में ही जानते थे।

स्थानांतरण का यह विलंब उसके पति को बड़ी बेमानी और कभी-कभी बड़ा संदेहास्पद लगता था। तीन-चार साल के अन्तराल के बाद पत्नी का सुख उन्हें मिला था। उसमें यह व्यवधान उन्हें बड़ा खलता था। वे हर आठवें-दसवें दिन आ धमकते। बाबूजी और रघु उनके स्वागत-सत्कार के लिए व्यग्र हो उठते, किन्तु रमा का पारा चढ़ जाता था। दो-चार बार इस नाटक को देखने

के बाद वे होटल में ही ठहरने लगे। रोज रात को उनके साथ होटल जाना बड़ा अशोभन लगता था। पर कुसुम खुश थी। पिता के घर में छोटे भाई के सामने पति की आतुर प्रणय चेष्टा वह झेल नहीं पाती थी।

राम-राम करके जब स्थानांतरण हुआ तो न वहाँ विदा का माहौल था, न यहाँ स्वागत का कोई सरंज़ाम। बाबूजी को छोड़कर आते हुए उसका मन बहुत रोया था। पर वे गंभीर बने रहे, बल्कि खुश ही थे कि उनके जीते-जी वह अपने घर जा रही है।

पर यह घर कभी उसे अपना-सा न लगा, वह तो एक बोझिल वातावरण से दूसरे में आ गयी थी। बच्चे पिता की शादी को तो सह गये थे, पर नयी माँ का इस घर में आकर रहना उन्हें अच्छा नहीं लगा था। सास जब तक जीती रही, उससे नाराज़ ही रही कि सारी कमाई पीहर में फूँककर हाथ हिलाती आ गयी है। पति का मन क्या कहता है, कभी पता ही नहीं चला। मन से वह जुड़ी ही कब? दैहिक स्तर पर एक संबंध स्थापित हुआ था, बात उससे आगे बढ़ी ही नहीं।

मन जब एकदम वीरान हो जाता तो वह एक-दो दिन को घर हो आती। बाबूजी की स्नेह-छाया में दो घड़ी बैठकर जीवन के मरुस्थल को नापने का साहस जुटा लेती। पर उनकी मृत्यु के बाद यह सुख भी जाता रहा।

बाबूजी की मृत्यु तो सामयिक थी। जीवन के कई कष्टों से उन्हें एक साथ छुटकारा मिल गया था। पर दुःख तो यह था कि उसके बाद रघु ने भी उसे भुला दिया था। वह तो सारा अपमान पीकर उसे राखी भेजती रही। होली-दीवाली पर दूज का टीका भेजती रही। पर वहाँ से मनीऑर्डर की कौन कहे, दो पंक्तियों का पत्र भी कभी प्राप्त नहीं हुआ।

उस बार किसी सेमिनार के लिए उज्जैन जाना पड़ा था तो उसने चुपके-चुपके इंदौर जाने का भी प्रोग्राम बना डाला। अपनी उस परिचित छत के नीचे एक रात बिताने का मोह बहुत प्रबल हो गया था। सोचा था, रघु न बुलाए तो न सही, दरवाजे से लौटाएगा तो नहीं। वह बेचारा तो पत्नी के आगे निरुपाय हो जाता है, नहीं तो दीदी के लिए उसके मन में कितनी श्रद्धा, कितना प्यार है, क्या वह जानती नहीं?

मन में ढेर-सा उल्लास और हाथ में बहुत सारी मिठाई और खिलौने लेकर जब वह पहुँची तो संयोग से रघु घर पर ही था। कुसुम ने सोचा था कि उसे देखते ही वह खिल उठेगा। दौड़कर उससे लिपट जाएगा। उसकी

विवशता को समझकर वह भी उसे माफ कर देगी।

पर वैसा कुछ नहीं हुआ। उल्टे उसे देखकर रघु का चेहरा एक विद्रूप से भर उठा। मन की सारी कड़वाहट स्वर में उड़ेलकर वह बोला, "वाह दीदी! इधर कैसे भूल पड़ी आज! इस घर में तो तुम्हारा रिश्ता उन्हीं तक था, जो तुम्हें थैली भर-भरकर देते थे। वे चले गये तो सारे सम्बन्ध समाप्त हो गये।"

"रघु! ये तू क्या कह रहा है?"

"ठीक तो कह रहा हूँ, दीदी! तुम्हारा ये भाई लाख गरीब सही, पर क्या राखी के डोरे का हकदार भी नहीं है?"

कुसुम अवाक्! रघु बौरा तो नहीं गया? किस लेन-देन की बात कर रहा है यह? इस घर से उसे बाबूजी ने या किसी ने भी क्या दिया है? वह तो खुद अपनी शक्ति-भर सदा देती रही है। और अपनी समझ से तो उसने राखी और दूज भी कभी सूनी नहीं जाने दी। उसकी वे सारी चिट्ठियाँ कहाँ गुम हो गयीं?

पलक झपकते ही रघु सब समझ गया और बहू को गालियाँ बकता हुआ जार-जार रो दिया। बहू ने कुसुम को कोसते हुए उसका लाया सारा सामान उठाकर आँगन में फेंक दिया, बच्चों को हाथ भी नहीं लगाने दिया।

कुसुम शून्य भाव से सब देखती रही। आयी तो थी कि सूने आँचल में दो-चार आत्मीय पल समेट लेगी, पर यहाँ आकर तो मन का स्वाद ही जाता रहा। उस माहौल में एक रात काटना भी उसे दूभर हो गया।

अगली सुबह रघु जब उसके लिए ताँगा लाने गया हुआ था, रमा उसके सामने आकर खड़ी हो गयी। कुसुम ने सोचा कि शायद उसे अपने किए पर पश्चाताप हो रहा है। उसकी क्षमा-याचना का वह कोई अच्छा-सा उत्तर सोच ही रही थी कि रमा दाँत पीसकर बोली, "आग लगाकर चल दीं महारानी! इसीलिए तो आयी थीं! अब तो कलेजे में ठंडक पड़ गयी होगी! अब दोबारा कभी मेरे दरवाज़े मत आना। अगर आओ तो अपने भाई का मरा मुँह देखो!"

कुसुम ऐसे चौंकी, जैसे किसी ने उसे सोते से झकझोरकर जगाया हो। पसीने से नहा गयी थी वह। आश्चर्य है, इतनी बड़ी बात उसके मन में कैसे उतर गयी थी! माना कि यह यात्रा उसने अपने पति से छिपकर की थी, इसीलिए उसके सामने कभी यह प्रसंग नहीं उठा। पर उसने इस घटना का प्रत्येक पल जिया है। फिर वह कैसे भूल गयी? क्या रघु की बीमारी की खबर सुनकर वह इतनी बेसुध हो गयी है।

अब अगर इस निष्ठुर सौगंध को ठेलकर ममता की डोर में बँधी कुसुम

वहाँ पहुँच जाए और कुछ अशुभ घट जाए तो?

तो रमा उसे ज़िंदा नहीं छोड़ेगी।

किन्तु क्या रमा का भय ही सब कुछ है?

उसने हमेशा रघु का मंगल ही चाहा है। हर शाम ठाकुरजी के सामने दीया जलाते हुए यही माँगा है कि वह जहाँ रहे सुख से रहे, फिर अपने ही हाथों उसका अनिष्ट कैसे कर दे!

पति जब घूम-फिर कर लौटे तो वह रोज की तरह घर के कामों में व्यस्त दिखायी दी। बाहर की खुली हवा में उनका भी रोष थोड़ा ठंडा पड़ गया था। सहज भाव से बोले, "तैयारी हो गयी।"

"न!"

"तो इतनी देर क्या करती रही? तैयारी और क्या करनी है? चार जोड़ी कपड़े सूटकेस में डाल लो, बस! मैं नौ बजे की ट्रेन में बिठा दूँगा।"

"मैं नहीं जा रही!"

"क्यों भई?"

"आप ठीक कह रहे थे। वहाँ जाकर तमाशा करने से क्या फायदा! इससे मरीज़ को उल्टे तकलीफ ही होती है। वैसे भी हम जाकर क्या कर लेंगे? जो कुछ करना है, डॉक्टर को ही करना है, और वे कर ही रहे हैं।"

पति चकित होकर कुछ क्षण उसे देखते रहे, उसके मन को पढ़ते रहे–"कहीं ऐसा तो नहीं कि तुम मेरी वजह से...? दरअसल उस समय मैं बहुत तैश में था। तुम्हारी मनःस्थिति समझ नहीं सका।"

"आप नाहक परेशान हो रहे हैं, मैं नहीं जा रही तो कुछ मेरे अपने कारण हैं। अब आप चाहें तो कुछ रुपये भेज दीजिए। जरूरत होगी तो रख लेंगे, नहीं तो लौटा देंगे।"

"मैं यही सोच रहा था।" कुसुम को नोटों की गड्डी थमाते हुए पति आश्वस्त भाव से बोले, "पैसों की ही जरूरत तो उन्हें इस समय होगी। तुम्हारे साथ भेजने के लिए लेता आया था। अब मनीऑर्डर कर देंगे।"

कुसुम अपने हाथ में रखी हुई नोटों की उस गड्डी को अभिभूत होकर देखती रही। वह खुश थी, कि इस सपाट-से व्यक्ति में बूँद-भर इंसानियत तो है।

परायी बेटी का दर्द

"अम्माँ कहाँ हैं?" वॉश-बेसिन पर हाथ धोते हुए इन्होंने पूछा।

"अपने लाड़ले भैया के यहाँ गयी हैं।" मैंने तौलिया पकड़ाते हुए कहा।

"सोना-मोना?"

"दोनों पार्क गयी हैं, तुलसा के साथ। और हरी बाजार गया है, सब्जी लाने। घर में बस यही नाचीज है। इजाज़त हो तो नाश्ता लगवाऊँ।

"अरे, अरे, तुम तो एकदम नाराज़ हो गयी।"

"नाराज़ होने की बात ही है। जो स्वागत के लिए हाथ बाँधे खड़ा है, उसकी तो कोई खोज-खबर ही नहीं। दुनिया-भर के लोगों की पूछताछ होती रहेगी।" मैंने मुँह फुलाकर कहा।

"अच्छा बतलाइये साहब, आपकी क्या खोज-खबर ली जाए?" इन्होंने मुझे बाँहों में भरते हुए कहा, और बस, सारा गुस्सा उड़न-छू हो गया।"

लेकिन नाश्ते के समय फिर वही ढाक के तीन पात—"अम्माँ कहाँ हैं?"

"अरे भाई, बतलाया तो कि मामाजी के यहाँ गयी हैं।"

"ये मामाजी के यहाँ रोज-रोज क्या काम निकल आता है?" इन्होंने झुँझलाकर कहा। बिलकुल बच्चों की-सी आदत है इनकी। घर पर लौटकर माँ न मिलें तो बस मूड ऑफ हो जाता है।

"मामाजी के यहाँ आजकल बस एक ही तो काम रह गया है।" मैंने कहा।

"फिर कोई लड़की वाले आये हैं! समझ में नहीं आता ये रोज-रोज कहाँ से चले आते हैं।"

"क्यों, हिन्दुस्तान में लड़कियों की कमी है क्या? अब देखिए न, साल भर में पच्चीसों ऑफर्स रिजेक्ट हो चुके हैं फिर भी नये रिश्ते चले ही आ रहे हैं। ये विपिन भैया भी पता नहीं कहाँ की हूर लाने वाले हैं। कोई लड़की इनकी आँखों पर नहीं चढ़ती।"

"विपिन की आँखों पर लड़की का रूप नहीं चढ़ता, मामाजी की आँखों पर रुपया। कुल मिलाकर एक ही बात है। अम्माँ पता नहीं क्यों इस झंझट

में पड़ती हैं।"

"अम्माँजी क्या करें! उनकी सलाह के बिना तो उस घर का पत्ता तक नहीं हिलता। बार-बार बुला भेजते हैं तो जाना ही पड़ता है।" मैंने अम्माँजी की वकालत की।

"इट इज ऑल हम्बग," इन्होंने कहा और चुपचाप चाय पीने लगे।

इस बात पर माँ-बेटे में इतनी बार बहस हो चुकी है कि नये सिरे से कहने के लिए कुछ है ही नहीं।

"नवीन, ओ नवीन! दफ्तर से आ गया कि नहीं।" कहती हुई अम्माँजी घर में दाखिल हुईं।

"मेरा दफ्तर तो पाँच बजे बन्द हो जाता है। लेकिन तुम्हारा दफ्तर तो चौबीस घण्टे चलता है," इन्होंने कड़वी आवाज में कहा।

"अच्छा, अब मज़ाक रहने दे। बाहर देख कौन आया...तेरे साढ़ू भाई हैं। भैया, अन्दर आओ न! यह घर कोई पराया थोड़े ही है।"

उन्होंने बाहर की ओर मुँह करके कहा। कुछ ही पलों में एक प्रौढ़ सज्जन देहरी पर आकर खड़े हो गये।

हम लोगों ने यांत्रिकता से हाथ जोड़ दिये।

"नीतू! इन्हें पहिचाना? अरी, ये तेरे जीजाजी हैं।"

"जीजाजी?" मैंने अस्फुट स्वर में पूछा।

"बहुत छोटी रही होगी वह। उसे याद नहीं होगा।" आगंतुक सज्जन ने संकोच में कहा।

"अरी, ये तेरे सबसे बड़े जीजाजी हैं, अजमेर वाले। अब तो याद आया?"

हाँ, याद आया, और याद आते ही वितृष्णा से मैंने मुँह फेर लिया। हरी उसी समय बाजार से लौटकर आ गया था और मुझे रसोई में जाने का बहाना मिल गया था। रसोई में आकर मैंने स्मृति की गलियों में उस चेहरे की तलाश की, जो मैंने अभी-अभी देखा था। पर वह कहीं नहीं मिला। याद आया तो बस एक सजा-सँवरा दूल्हा, जो किसी परीकथा का राजकुमार लग रहा था। उस चेहेरे को इस व्यक्ति के साथ फिट करना बहुत मुश्किल हो रहा था।

"नीतू, क्या-क्या सब्जी लाया है हरी, देखूँ तो।" अम्माँजी ने रसोई में आकर कहा–"ऐसा करते हैं, दो सब्जियाँ बना लेते हैं। हरी चटनी पीस देगा। तुम पूड़ी उतार लो। मैं हलवा बना लेती हूँ। या ऐसा करते हैं, बाजार से रबड़ी मँगा लेते हैं।" अम्माँजी के उत्साह का अन्त नहीं था।

"ये क्या यहीं खाना खायेंगे?" मैंने डरते हुए पूछा।

"और क्या? इस घर के होते हुए वे बाहर खायें, अच्छा लगता है?" फिर अपने लाड़ले को आवाज देकर कहा—"नवीन, खाना बन रहा है, तब तक तू जाकर होटल से उनका सामान तो उठवा ला। वो तो बेचारे बड़ा संकोच कर रहे थे। पर मैंने ही कहा कि इस घर के होते हुए तुम होटल में रुको—अच्छा लगता है क्या?"

"वो तो ठीक है अम्माँ, लेकिन यह सज्जन हैं कौन?"

"अरे वाह, अभी तो बताया था। नीतू के जीजाजी हैं, सबसे बड़े। बहन नहीं रही इसकी, लेकिन इससे क्या होता है? रिश्ते थोड़े ही टूट जाते हैं। एक हमारी ननद थी रिश्ते की। उसके बाद भी उसकी सौत ने ऐसा निभाया कि क्या बताऊँ। कुछ लोग सच्ची होते ही हैं अच्छे।"

"ये परम आदरणीय साढ़ू भाई एकदम इधर कैसे भूल पड़े?" इन्होंने पूछा। स्वर में बेजारी झलक रही थी।

"अरे विपिन के लिए रिश्ता लेकर आये हैं।" अम्माँजी ने फुसफुसाकर कहा, मानो कोई रहस्य खोल रही हों—"इकलौती लड़की है। बड़ी सुन्दर है। बिलकुल अपने बाप पर गयी है। फोटो देखकर ही आँखें जुड़ा गयीं। बी॰ ए॰ में पढ़ रही है। मुझे तो भैया रिश्ता जँच गया है एकदम। हो जाय तब है।"

"जब तुम्हें जँच गया है तो हुआ ही समझो," इन्होंने कहा और बाहर चले गये।

तो ये महाशय विपिन के लिए रिश्ता लेकर आये हैं, तभी तो अम्माँजी का उत्साह फूटा पड़ रहा है और इस विचार के साथ मेरे मन का बोझ काफी कम हो गया। जीजाजी के रूप में इस व्यक्ति की अभ्यर्थना करने का न तो मुझमें उत्साह था और न आग्रह। मेरी इस बेरुखी को अपरिचय का संकोच समझकर अम्माँजी ने माफ कर दिया था। वे स्वयं यह प्रयत्न करती रहीं कि अतिथि को इस घर में कोई संकोच या झिझक न हो। खाना भी उन्होंने बड़े प्रेम और आग्रह के साथ खिलाया। सोना और मोना तो बस मेहमान देखकर ही खुश हो जाती हैं। मौछाजी की गोद में चढ़ी उन्हें अपनी तोतली बातों से बड़ी बेतकल्लुफी से बोर करती रहीं। ये लेकिन चुप-चुप ही बने रहे।

संयोग मनुष्य को कहाँ से कहाँ ला देता है—मैंने बिस्तर पर लेटते हुए सोचा। कभी सोचा भी न था कि एक दिन जीजाजी का अपने घर में इस तरह अतिथि-सत्कार करना पड़ेगा। मन में ऐसी इच्छा भी नहीं जागी। सच तो

यह था कि दीदी वाला प्रसंग मन से बिलकुल उतर ही गया था। उस स्मृति में कोई सुख था भी नहीं।

अम्माँजी की सचमुच दाद देनी पड़ेगी। सात पुश्तों की खोज-खबर लेने में उन्हें सात मिनट नहीं लगते। बातों-बातों में सब कुछ जान जाएंगी। पता नहीं कैसे उन्होंने पता लगा लिया कि यह जीजाजी की दूसरी शादी है और पहली वाली ससुराल का अता-पता पूछते ही मेरा रिश्ता निकल आया। नहीं तो कोई सम्भावना नहीं थी कि वे मुझे या मैं उन्हें पहचान पाती।

करीब ग्यारह बजे ये कमरे में दाखिल हुए–'बेगम, आपके दूल्हा भाई का बिस्तर मय मसहरी के फिट करके आया हूँ। हुक्का-पानी भी सब कम्पलीट कर दिया है।"

"धन्यवाद," मैंने रुखाई से कहा और करवट फेर ली।

"ये कौन से जीजाजी हैं तुम्हारे? तुमने तो कभी जिक्र ही नहीं किया।"

"बहुत काबिले ज़िक्र वे हैं भी नहीं।"

"तुम्हारी उस वाली दीदी की तो कभी फोटो भी हमने नहीं देखी। बहुत यंग एज में डैथ हो गयी थी क्या?"

"हूँ।"

"बीमार हो गयी थी क्या?"

"अरे मुझे नहीं याद है कुछ। बहुत छोटी थी मैं।" मैंने एकदम झल्ला कर कहा।

"सॉरी," इन्होंने कहा और चुप हो गये।

बाद में बहुत बुरा लगा मुझे। इतना ऑफ होने की तो कोई जरूरत नहीं थी। लेकिन मैं क्या करती, शाम से ही मेरी सहनशीलता की परीक्षा हो रही थी। जीजाजी को देखकर सारी कड़वी स्मृतियाँ फिर परेशान करने लगी थीं। और साथ में अम्माँजी का भाषण चलता रहा। पता नहीं कितने उदाहरण गिना डाले उन्होंने, जहाँ लड़की की मृत्यु के बाद भी लोगों ने सम्बन्ध बनाये रखे थे। सुनकर उबलने के सिवाय मैं कुछ कर नहीं पायी थी।

सचमुच बहुत छोटी थी मैं तब 7-8 साल की रही हूंगी। फिर भी सारी बातें मुझे अच्छी तरह याद हैं। लेकिन दीदी की मृत्यु का कारण उस समय भी अज्ञात था और आज भी अज्ञात ही है।

याद आती है गर्मियों की एक शाम। हम लोग सड़क पर नदी-पहाड़ खेल रहे थे। बड़ी बहनें अपनी सिलाई-कढ़ाई लेकर बरामदे में बैठी हुई थीं। तभी

दरवाजे पर एक ताँगा रुका और हम लोग विश्वास ही न कर पाये। ताँगे से दीदी उतर रही थीं। साथ में जीजाजी भी थे।

विस्मय और हर्ष से हम लोगों के पाँव ही फूल गये। दीदी अभी तो गयी थीं, आठ दिन पहले। गौने की धूमधाम अब भी मन में ताज़ा है। मिठाइयों का स्वाद अब भी ज़बान पर है। और दीदी की याद से अब भी आँखें डबडबा आती थीं।

दीदी ने मुझे अंक में भर लिया तब विश्वास हुआ कि सचमुच दीदी आ गयी हैं। मैं ठगी-सी साथ वाले व्यक्ति को देख रही थी। बारात के समय शरवानी और साफे में यह व्यक्ति किसी राजकुमार-सा लग रहा था और अब नीले सूट में किसी अंग्रेज साहब की तरह। मुहल्ले के सारे बच्चे नये जँवाई को देखने के लिए जुड़ आये थे और मैं गर्व से फूल उठी थी।

उधर माँ तो जैसे पागल हुई जा रही थीं। पहली बार दामाद घर पर आया है, उसकी क्या खातिर करूँ, क्या न करूँ, उनकी समझ में नहीं आ रहा था। बस इसी उधेड़बुन में चकरघिन्नी की तरह रसोई में घूम रही थीं। लड़कियों पर झल्ला रही थीं। भैया तो पता नहीं बाजार के कितने चक्कर लगा चुका था।

बाबूजी जिस समय अन्दर आये माँ कचौड़ी के आलू मसल रही थीं।

"यह सब रहने दो गीता की माँ, इसकी अब कोई जरूरत नहीं है।"

"जरूरत क्यों नहीं है, वाह! पहली बार वह घर आया है।"

"जिसके लिए बना रही हो, वह चला गया है।" बाबूजी ने कहा और बाहर चले गये। उनका स्वर, उनकी मुद्रा सब कुछ ऐसा था जैसे किसी अशुभ की सूचना दे रहे हों। माँ पत्थर होकर बैठी रहीं। सबसे गले मिलकर रोने के बाद दीदी बहनों से बतिया रही थीं। वे भी चौंककर रह गईं। "चले कैसे गये! मुझे नहीं ले जाएंगे क्या?" उन्होंने फुसफुसाकर कहा।

और तब माँ एकदम उठकर बाहर गयीं–"मुझे ठीक-ठीक बताओ जी, क्या हुआ है? तुमने कुछ कह तो नहीं दिया?"

"कुछ कहने लायक उसने मुझे रक्खा ही कहाँ है?"

हम सब लोग जो बैठक के दरवाजे पर सिमट आये थे, बाबूजी की दर्द भीगी आवाज से भीतर तक सिहर उठे।

उसके बाद बाबूजी ने धीरे-धीरे बतलाया कि गीता को हमेशा के लिए यहाँ छोड़ गया है वह। कहता था, शादी सिर्फ पिता का मन रखने के लिए की थी, उसका अपना मन तो कहीं और है।

बाबूजी कह रहे थे–"और बड़ी ठसक के साथ मुझसे कह गया है कि मैं अपना फर्ज़ पूरा करूँगा। हर महीने खर्च बराबर भेजता रहूँगा। इससे ज्यादा निबाह मेरे बस का नहीं है।"

"तो तुमने क्या जवाब दिया?" माँ ने बुझे स्वर में पूछा।

"मैंने कह दिया कि इतने दिनों तक लड़की इसी घर में पली है। आगे भी उसका खर्च मैं उठा सकता हूँ। तुम्हें तकलीफ करने की जरूरत नहीं है।"

बाबूजी शायद आगे भी कुछ कहते परन्तु उसी समय दीदी चीख मारकर बेहोश हो गईं और सब लोग उसी ओर दौड़ पड़े। बेचारी दीदी! बड़ी उमंग से घर से चली थीं अजमेर के लिए। सास ने गृहस्थी के छोटे-मोटे सामान बड़े प्यार से साथ में बाँध दिये थे। रास्ते में जीजाजी ने कहा था, चलो, तुम्हें तुम्हारे माँ-बाप से मिलवा लायें। तब पति की सहृदयता पर वे रीझ उठी थीं। खुशी के आवेग में यह भी याद नहीं रहा था कि जयपुर से अजमेर जाते हुए उज्जैन में रुकने की कौन-सी तुक है। कुछ समझने-बूझने की उम्र नहीं थी मेरी, लेकिन इस छल-प्रपंच पर उस उम्र में भी मेरा खून खौल उठा था।

उस रात किसी ने मुँह में पानी नहीं लिया। घर में ऐसा सन्नाटा था जैसे किसी की मौत हो गयी हो।

सुबह उठकर देखा, माँ का रुख एकदम से बदला हुआ है। चाय के समय भैया से उन्होंने कहा–"मुन्ना! अपने कपड़े ठीक-ठाक कर लो, शाम को गीता के साथ जयपुर जाना है।"

हम लोग सब स्तब्ध होकर देखते ही रह गये। दीदी तो धाड़ मारकर रोने बैठ गयीं।

"दीदी, अब उस घर में नहीं जाएंगी माँ।" भैया ने कहा।

"देख, तू अपनी अकल मत चलाया कर। जो कहूँ उसे चुपचाप मान लिया कर।"

"मुन्ना ठीक कह रहा है," बाबूजी बोले, "जो इसे अपमानित करके यहाँ छोड़ गया है वही आदर समेत लिवा जाएगा, तभी गीता जाएगी। नहीं तो उसके सास-ससुर के यहाँ नौकरानी बनाकर मैं नहीं भेजूँगा, तुम बेकार की जिद मत करो।"

"बाबूजी, आपने मुझे उस समय बुला क्यों नहीं लिया। बच्चू की वो खबर लेता कि बस। पूछता तो कम-से-कम कि अब बड़े तीसमारखां बन रहे हैं। उस समय दिलेरी कहाँ गयी थी। बाप के सामने तो भीगी बिल्ली

बन गये थे।"

"मुन्ना, ज्यादा बकवास मत कर। चुपचाप जाने की तैयारी कर।" माँ गुस्से में उफन रही थीं।

"पागल हुई हो क्या गीता की माँ?"

"पागल मैं नहीं आप हुए हैं, अगर आज नहीं भेजा तो इसे फिर कभी नहीं भेज पायेंगे, समझे?"

"भेजने की कोई जरूरत भी नहीं है।"

"कह तो दिया बड़ी शान से कि जरूरत नहीं है। ऐसा भी कहीं हुआ है? कितने दिन रख पायेंगे हम उसे। कल को लोग सौ तरह के सवाल पूछेंगे, सौ तरह की बात करेंगे तब? किस-किस का मुँह बन्द करेंगे आप!"

"...और ये जो तीन-तीन मेरी छाती पर मूँग दलने को बैठी हैं, इनका निस्तार कैसे होगा? इन्हें कौन ब्याह कर ले जाएगा?"

बहुत कठोर थी माँ की बात लेकिन शायद बहुत व्यावहारिक भी थी। तभी तो किसी से जवाब नहीं देते बना। दीदी तो एकदम पत्थर ही हो गयी थीं। दिन-भर उन्होंने किसी से बात नहीं की। आँखों से एक बूँद भी आँसू बहाये बिना वह शाम को चुपचाप तांगे में बैठ गयीं। उन्होंने एक बार भी पीछे मुड़कर नहीं देखा।

तब क्या पता था कि दीदी इस घर से हमेशा के लिए जा रही हैं।

दो महीने बाद, उनकी मृत्यु की खबर आयी थी। बाबूजी और भैया ने माँ को आड़े हाथों लिया था। दुःख के आवेग में वे कहनी-अनकहनी सब कह गये थे।

माँ ने चुपचाप सब सुन लिया था।

माँ ने तो केवल माँ का कर्त्तव्य भर किया था। दीदी की हत्या जिसने की थी, वह भला आदमी मेहमानों वाले कमरे में मजे से सो रहा है और उसके आतिथ्य का अनचाहा कर्त्तव्य मुझ पर आ पड़ा है।

एक गहरी उसाँस लेकर मैंने करवट बदली। देखा, ये चित लेटे सीलिंग फैन को देख रहे हैं। कुछ क्षण पहले वाला अपना व्यवहार याद करके बहुत ग्लानि हो आयी। उनके बालों में उंगलियां फिराते हुए मैंने प्यार से पूछा—"सोये नहीं अभी?"

"नींद ही नहीं आ रही है।"

"सिर में तेल डाल दूँ?"

"अरे नहीं, इसकी जरूरत नहीं है।...दरअसल नीतू, मैं बहुत सोच में पड़ गया हूँ।"

"ऐसी कौन-सी समस्या आ गयी है?"

"विपिन की शादी की। मुझे डर लग रहा है कि यह रिश्ता पक्का हो जाएगा।"

"तो यह तो खुश होने की बात है।"

"तुम विपिन को ठीक से जानती होती तो ऐसा नहीं कहती। मैं तो उसे बचपन से जानता हूँ। कोई ऐब, कोई व्यसन ऐसा नहीं है जो उसने न किया हो। उसके अफेयर्स को लेकर तो दो-चार हॉट बुक्स लिखी जा सकती हैं। उसके दोस्तों को देखोगी तो तुम गश खा जाओगी। जो भी उसकी जिन्दगी में आयेगी काबीले रहम होगी। फिर ये तो तुम्हारी बहन की लड़की है।" इन्होंने बड़ी भावुकता से कहा।

"आप बेकार परेशान हो रहे हैं। एक तो वह मेरी बहन की लड़की नहीं है। दूसरे, लड़की वाले खुद छानबीन कर लेते हैं।"

"यही तो तुम नहीं समझती। लड़की वाले मकान देखते हैं, दुकान देखते हैं। इकलौता लड़का देखते हैं, उसकी एल-एल॰ बी॰ की डिग्री देखते हैं और बस रीझ जाते हैं। यह समझना बड़ा मुश्किल है कि इस घर में लड़की देना उसे कुएँ में ढकेलने के समान है। इसीलिए तो मैं चाहता हूँ, अम्माँ इन झमेलों में न पड़ें। पर विपिन तो जैसे उनकी आँख का तारा है। उसके सारे गुण जानती हैं, लेकिन बड़ी शान्ति से कहती हैं—शादी हो लेने दो, सब ठीक हो जाएगा। क्या खाक ठीक हो जाएगा!"

विपिन के बारे में बहुत विस्तार से नहीं जानती थी मैं, फिर भी वह व्यक्ति कुत्सित प्रवृत्ति का है यह पहले ही दिन जान गयी थी। उसके सामने मैं यथासंभव नहीं पड़ती थी। अम्माँजी का वह बहुत लाड़ला है पर फिर भी वे मुझे उसकी छाया से बचाये रखती थीं। इसके बावजूद भी जब-जब उसकी दृष्टि मुझ पर पड़ती थी, भय की एक बर्फानी लहर शरीर में दौड़ जाती थी।

मैंने यह सुन रखा था कि उस घर में कोई महरी, कोई मिसरानी ज्यादा दिन नहीं ठहरती थी। अड़ोस-पड़ोस की औरतें सिर्फ कारण विशेष पर ही वहाँ जाती थीं। रिश्तेदार अपनी बहू-बेटियों को वहाँ भेजने में कतराते थे। यह भी सुना था कि मामाजी अपने समय में काफी प्रसिद्ध थे और अब विपिन उन्हीं की परंपरा को निभा रहा है।

मेरी आँखों के सामने मामीजी का सूखा-दुबला चेहरा घूम गया। पति के आतंक की परछाईं उनकी आँखों में साफ झलकती है। शरीर पर सेर भर सोना पहने हैं वे, लेकिन भिखारी को एक मुट्ठी अनाज अपनी मर्जी से नहीं दे सकतीं। अपनी इच्छा से एक साड़ी तक उन्होंने कभी खरीदी नहीं। इस उम्र में भी घर से बाहर अकेले निकल पाना उनके लिए संभव नहीं है। जिन्दगी-भर अपनी इच्छाओं का गला घोंटते ही बीता है। चेहरे पर एक अजीब दयनीयता छाई रहती है।

विपिन तो हर मामले में बाप से एक कदम आगे ही था। क्या पता कल को उसकी पत्नी भी इसी तरह एक चलती-फिरती लाश बन जाए। मैंने रंजना को उसकी पत्नी के रूप में देखा और मैं एक आसुरी आनन्द से भर उठी। मैंने प्राणपण से चाहा कि यह शादी होकर ही रहे। रंजना को, अपनी आँखों से यूँ तड़पता हुआ जीजाजी देखें, उसका दु:ख उनके कलेजे को छलनी बना दे। शायद तब उन्हें भान होगा कि जिसे इस बेदर्दी से ठुकराकर चले आये थे, वह भी किसी की बेटी थी। उसके माँ-बाप भी आठ-आठ आँसू रोये थे।

सुबह मैं एक दूसरी ही नीतू बन गयी थी। चाय लेकर खुद जीजाजी के कमरे में गयी। वहाँ कुर्सी पर बैठकर रंजना के, उसकी माँ के विषय में काफी कुछ पूछा। मेरी इस दिलचस्पी को देखकर उनका संकोच भी कुछ कम हुआ। फिर उन्होंने मुझे रंजना के सर्टिफिकेट्स दिखाये, जो उसे एन॰ सी॰ सी॰ में, संस्कृत में और सितार में मिले थे। दो-तीन फोटो दिखाये, जिनमें वह पुरस्कार ले रही थी या भाषण दे रही थी। कुल मिलाकर लड़की आलराउंडर लगी। जीजाजी के पिलोकवर्स बतला रहे थे कि घर के कामों में भी वह पीछे नहीं हैं।

सुबह नाश्ते का आयोजन जोरदार था। अम्माँजी खुद रसोई में बैठी थीं और अपनी देखरेख में सब बनवा रही थीं। विपिन को उन्होंने खास तौर से बुलवा भेजा था और वह बड़ा गम्भीर पोज़ लेकर नाश्ते की मेज पर बैठा हुआ था। मैं बिना बात के इधर से उधर भागती फिर रही थी और बतिया रही थी। मेरा चहकना इन्हें जरा अच्छा नहीं लग रहा था। उनका फूला हुआ मुँह इस बात की गवाही दे रहा था।

“कहिये लालाजी, लड़की पसन्द आयी?” जीजाजी के इधर-उधर होते ही मैंने बड़े अन्दाज़ से विपिन से पूछा। अक्सर मैं उसे भाई साहब ही कहती थी, पर आज के लिए मैंने यह खास टोन अख्तियार किया था।

वह बड़े लापरवाह ढंग से बोला–"रिजल्ट अभी से थोड़े ही आउट किया जाता है। बाद में खबर भेजी जाएगी।"

"अरे वाह, ये लटके लड़की वालों को दिखाइयेगा हमसे तो सीधी-सच्ची बातें कीजिए।" मैंने इतराते हुए कहा। इनके चेहरे के बदलते हुए रंगों से मुझे और ताव आ रहा था।

"आप भी तो अब लड़की वालों के दल में शामिल हो गयी हैं।"

"ओह, नो। हमारा भाभी वाला रिश्ता भुला मत बैठना भैया। यह तो घाटे का सौदा हो जाएगा।"

"तब फिर मेरे साथ लड़की देखने अजमेर चलना होगा।"

"क्यों, अम्माँजी जाएंगी ना?"

"अरे नहीं, बुजुर्गों के साथ कोई फ्रीडम नहीं रहती।"

"शादी के बाद वैसे भी तुम्हारी फ्रीडम खत्म हो जाएगी। अभी से आदत डालो।" इन्होंने व्यंग्य किया।

"अरे नहीं भाई साहब, अपनी आज़ादी में कोई खलल नहीं डाल सकता।" उसने उसी लापरवाह अन्दाज़ में कहा।

"सो तो पता लग जाएगा।" मैंने चुटकी ली–"थोड़े दिन ठहर जाइए।"

ये एकदम चीखे–"अब बकवास बन्द करो और रसोई की ओर देखो। आज छुट्टी नहीं है।"

अपमान का घूँट पीकर मैंने रसोई का रुख किया। खाने का तो बहाना था, इतने हैवी नाश्ते के बाद दाल-रोटी कौन खाता। मुश्किल से दो कौर खाये होंगे, लेकिन तामझाम तो सारा मुझे करना ही पड़ा।

दफ्तर गये भी ऑफ मूड में थे। लौटने के बाद भी देखा, मुँह उसी तरह सूजा हुआ है।

"अम्मा कहाँ हैं?"

"मन्दिर गयी हैं।"

"परम पूजनीय जीजाजी कहाँ हैं?"

"मामाजी के यहाँ गये हैं।"

"सोना, मोना?"

"मोना हरी के साथ बाजार गयी है। सोना को शुक्ला परिवार अपने साथ 'तिघरा बन्ध' ले गया है।"

"चाय अभी मिलेगी या परम आदरणीय जीजाजी के लिए रुकना होगा?"

उत्तर में मैंने चाय-नाश्ता टेबल पर लगा दिया।

चाय पीकर उठते हुए बोले–"माननीय जीजाजी के कब तक लौटने की सम्भावना है? अम्माँ का आदेश है, शाम को उन्हें घुमा लाऊँ।"

इस बात का मुझे जवाब नहीं देना पड़ा। जीजाजी खुद ही उपस्थित हो गये थे।

वे लोग घूम-घाम कर लौटे, उस समय खाना-वाना बनाकर मैं आँगन में चारपाई पर बैठी मीना को सुलाने का यत्न कर रही थी।

"सोना नहीं लौटी अभी तक। साढ़े आठ हो रहे हैं।"

"अरे, मैंने तो पता नहीं कब से घड़ी ही नहीं देखी।"

"बड़ी अच्छी आदत है यह। सब तरह की चिन्ताओं से मुक्ति मिल जाती है।"

"क्या हो गया भाई!" गुसलखाने से निकलते हुए जीजाजी ने हँसकर पूछा।

"लड़की को भेज दिया है अड़ोसी--पड़ोसियों के साथ और खुद आराम से बैठी हुई हवा खा रही हैं।"

"मैंने क्यों भेजा होगा? आपकी अम्माँ बैठी हैं अभी घर में।" मुझे भी ताव आ गया था।

"क्या हो गया रे, क्यों दिया-बत्ती की बेला चख-चख कर रहे हो!" पूजाघर से निकलते हुए अम्माँजी ने पूछा।

"ये दिया-बत्ती की बेला है? पूजनीय अम्माँजी, इस समय साढ़े आठ बज रहे हैं।"

"तो?"

"तो क्या। छोकरी को कहाँ भेज दिया। अभी तक पता नहीं है।"

"अरे तो आ जाएगी। इतनी चीख-पुकार क्यों मचा रहे हो। मिसेज शुक्ला के बहन-बहनोई आये हुए हैं न आजकल। रोज कहीं-न-कहीं घूमने का प्रोग्राम होता है। आज तिघरा गये हैं।"

"वे जहन्नुम में जाएं, मुझे क्या करना है, लेकिन सोना को भेजने की क्या जरूरत थी। वहाँ पानी के किनारे उछल-कूद मचायेगी। कौन उसे देखेगा वहाँ। सब लोग अपनी मौज में होंगे। सच अम्मा, कभी-कभी तो तुम कमाल करती हो।

"भैया, सठिया गयी हूँ न, इसीलिए ऐसा हो जाता है।" अम्माँजी ने गुस्से

में कहा फिर मुझसे बोलीं–"छोकरी को दे मेरी गोद में और खाना लगा तो। मेहमानों की भूख-प्यास का तो ख्याल किया करो।" दरअसल उन्हें मेहमानों के सामने इस तरह की चख-चख अच्छी नहीं लग रही थी।

खाना खाते समय भी इनका बड़बड़ाना जारी था–"वहाँ गिरने का खतरा है, वहाँ कीड़ों का डर है, वहाँ ठंडी हवा चलती है, जीप में ठूँस कर भरे हुए बच्चों में से कोई पीछे गिर भी जाए तो पता नहीं चलेगा। शुक्लाजी के चारों शहज़ादे जीप चलाने का शौक रखते हैं, कहीं उन्होंने बेड़ा गर्क न कर दिया हो।..."

पहले तो इनकी बक-बक पर हँसी आती रही, गुस्सा आता रहा पर, जब घड़ी का काँटा साढ़े नौ को पार करके दस की ओर बढ़ चला, तब मुझे भी चिन्ता होने लगी। अजीब-अजीब ख्याल आने लगे। लगा जरूर कुछ ऐसा-वैसा हो गया है, तभी वे लोग लौटे नहीं हैं। नहीं तो, तिघरा तो इतनी दूर नहीं है। मुझे पानी, जंगल, जीप, सुनसान सड़क सभी जगहों से सम्बन्धित दुर्घटनाएँ याद आने लगीं और लगा कि बस अब रो ही पड़ूँगी।

"कुछ गरम पहनाकर भी भेजा है या यूँ ही रवाना कर दिया है।" वे फिर एक बार झल्लाये और मुझे जैसे रोने का बहाना मिल गया।

"नवीन, तू चुप नहीं करेगा अब? तेरी बिटिया हमारी भी कोई है। और जिनके साथ गयी है, वे भी बाल-बच्चेदार लोग हैं। अपने से ज्यादा ख्याल रखेंगे उसका।" अम्माँजी ने इन्हें डाँटा।

सचमुच सोना को शुक्लाजी के यहाँ घर से भी ज्यादा लाड़-प्यार मिलता है। उनके चारों लड़के ही लड़के हैं, इसलिए सभी लोग उस पर अपना दुलार बरसाते हैं। यही वजह है कि वह भी उनके साथ हर कहीं जाने के लिए तैयार हो जाती है।

पर यह सारी बातें इस समय जरा भी सान्त्वना नहीं दे रही थीं। अम्माँजी बातें इतनी धीरज की कर रही थीं, लेकिन मन में वे भी घबरा गयी थीं। शॉल ओढ़े बरामदे में बैठी वह हर आने-जाने वाली गाड़ी को बड़ी आशा से देख रही थीं।

करीब ग्यारह बजे दरवाजे के सामने एक स्कूटर रुका। मिस्टर एंड मिसेज़ शुक्ला उसमें से उतरे। सोना मिसेज़ शुक्ला की गोद में सो रही थी। उसने वंटी का कोट पहना हुआ था, जो उसके घुटने तक आ रहा था। कानों पर शायद शुक्लाजी का रूमाल बाँधा हुआ था।

वे लोग अपनी गाथा सुनाते रहे, पर मुझे कुछ सुनने का होश नहीं था। मैंने झपटकर सोना को गोद में ले लिया था और अपने कमरे में चली गयी थी।

"नीतू।" अम्माँजी ने आवाज दी–"आप लोगों के लिए चाय तो बना दे झटपट।"

"नहीं-नहीं, अभी रहने दीजिए। सब लोग वहाँ 'वेट' कर रहे होंगे।" शुक्लाजी ने उठते हुए कहा।

"सब लोग क्या अभी वहीं हैं?" मैंने पूछा।

"नहीं, रास्ते में हैं। गाड़ी खराब हो गयी थी। बाइचान्स मेरा एक फ्रेंड उधर से पास हुआ। उसी का स्कूटर उधार लेकर आये हैं हम लोग। हमने सोचा आप लोग परेशान हो रहे होंगे। अब यहाँ से मैकेनिक वगैरह का इन्तजाम कर ले जाएंगे।"

वे लोग मना करते रहे पर अम्माँजी ने जबरदस्ती चाय बनवाकर थरमस में भर दी। नाश्ते का थोड़ा-सा सामान और गरम शॉल और चादरें भी साथ दे दीं। हमारी असुविधा के लिए बार-बार क्षमा-याचना करते हुए वे लोग चले गये।

उनके जाते ही अम्माँजी बोलीं–"देखो, मैं कहती न थी, तुम लोग बेकार पेरशान हो रहे हो। जो लेकर जाता है, उसको भी तो कुछ चिन्ता होती है। अरे भई, अपने बच्चों से ज्यादा पराये बच्चे का ख्याल रखना पड़ता है।" फिर जीजाजी की ओर मुड़कर बोलीं–"सच कहती हूँ भैया, अपने बच्चे तो कैसे भी पाल ले कोई, पर दूसरे के बच्चों की ज़िम्मेदारी बड़ी विकट होती है। अब तुम्हें क्या बताऊँ, मेरी लड़कियाँ कैसे बड़ी हो गयीं, कुछ पता ही नहीं चला। पर यह जो तुम्हारी साली है न, इसे छींक भी आ जाती है तो डॉक्टर के यहाँ दौड़ी जाती हूँ मैं। क्यों रे, मैं झूठ तो नहीं बोल रही?"

लेकिन ये आखिरी बात, जिनसे कही गयी थी, वे अब गुमसुम-से बैठे हुए थे। पिछले तीन-चार घंटों से अविराम बोलकर मानो अब थक गये थे। अजीब-सा स्वभाव है इनका। जितने ज्यादा नर्वस होंगे, उतनी ही बकझक करते रहेंगे।

अम्माँ अपने बेटे की इस कमजोरी को खूब जानती थीं। उनके सिर पर प्यार से हाथ फेरते हुए बोलीं–"चल उठ, सो जाकर अब। इतना घबराता है कोई! अरे लड़की के माँ-बाप को तो पत्थर-सा कलेजा रखना पड़ता है। जरा-सी देर में तूफान खड़ा कर दिया तुमने। कल को ससुराल जाएगी तो

पता नहीं क्या करोगे तुम लोग।"

रात बिस्तर में लेटे हुए भी अम्माँजी की यही बातें कानों में गूँज रही थीं। रोज उनके पास सोनेवाली सोना आज हम लोगों के बीच में सो रही थी और हम दोनों प्यार से उसका शरीर सहला रहे थे। पूरे बारह घंटे वह बाहर रही थी और उतनी-सी देर में हम लोग बौखला उठे थे। कहनी-अनकहनी पता नहीं क्या-क्या कह गये थे। अब याद करके भी हँसी आ रही थी।

"कैसे पत्थर दिल होते होंगे तुम लोगों के माँ-बाप जो हमेशा के लिए तुम्हें दूसरे के यहाँ भेज देते हैं?" इन्होंने कहा।

"ऐसे पत्थर दिल न हों वो लोग तो आप लोग ज़िन्दगी भर क्वाँरे ही रह जाएँगे।" मैंने कहा और हम दोनों हँस पड़े।

"मैं तो अपनी लड़कियों की शादी नहीं करूँगा।"

"वाह, शादी क्यों नहीं करेंगे? यूँ कहिये कि घर जमाई रख लेंगे।"

और नन्ही-सी सोना दुल्हन बनकर बार-बार मेरे सपनों में आयी उस रात। ठीक काबुलीवाला की मिनी की तरह लग रही थी—लाल साड़ी में लिपटी हुई गुड़िया-सी। अपनी कल्पना से ही रचकर पता नहीं कितने दूल्हे मैंने उसकी बगल में खड़े करके देख लिये, लेकिन एक भी मुझे उसके योग्य नहीं लग रहा था। सोच रही थी, कहाँ से राजकुमार लाऊँ अपनी गुड़िया के लिए और ठोक-बजाकर देखा हुआ घर भी अगर निकम्मा निकल गया तो।

कल्पना का ही खेल था सारा, लेकिन तब भी भय से पसीना-पसीना हो उठी। बिस्तर ही में उठकर बैठ गयी मैं। देखा, अपने पिता के गले में बाँहें डालकर सोना मजे में सो रही है। क्या ही अच्छा होता, बच्चे इसी तरह बच्चे बने रहते। तब नाज़ों पली अपनी बिटिया को अजनबी हाथों में सौंपने की जरूरत नहीं पड़ती। अजनबी भी कभी-कभी कितने हृदयहीन होते हैं। दीदी की कहानी नये सिरे से याद आयी, नये अर्थों के साथ।

और आश्चर्यजनक रूप से याद आयी रंजना। मैंने अपने मन से पूछा, रंजना अगर दीदी की अपनी बेटी होती तो क्या मैं इस रिश्ते की पैरवी कर सकती थी? उस जैसी भावुक और संवेदनशील लड़की के लिए क्या मैं विपिन जैसा लड़का सजेस्ट कर सकती थी? जिसकी परछाईं तक से मुझे नफरत है, जिसके किस्सों को इन्होंने हॉट बुक्स की संज्ञा दी है। क्या वह किसी भी कुलीन कन्या का हाथ थामने योग्य रह गया था? फिर रंजना के

साथ मैं यह अन्याय क्यों कर रही हूँ? शिकायत मुझे जीजाजी से है, उनके अपराधों का दंड वह निरीह लड़की क्यों भुगते?

विपिन के लिए रिश्तों की कमी नहीं है। कोई-न-कोई बदनसीब लड़की इस घर में आ ही जाएगी और जैसा कि अम्माँजी कहती हैं, शादी के बाद वह राह पर भी आ जाएगा। लेकिन यह भी तो एक रिस्क है। अपनी ज़िन्दगी दाँव पर लगाकर रंजना ही यह रिस्क क्यों मोल ले!

सुबह मैंने अम्माँजी से कहा, "मैं रंजना को एक साड़ी भेजना चाहती हूँ। उन्होंने फौरन अपने बेटे को बाजार दौड़ाकर कोटा-ज़री की एक शानदार साड़ी मँगा दी। साड़ी लेकर मैं मेहमानों वाले कमरे में गयी। जीजाजी अपना सामान बाँध रहे थे।

"जीजाजी, यह साड़ी रखियेगा। रंजना की शादी पर मेरी ओर से अग्रिम भेंट।"

"अरे, इस फॉर्मेलिटी की क्या जरूरत थी। और अब तुम विपिन बाबू के साथ आ रही हो न अगले हफ्ते। तब खुद ही दे देना। अच्छी तरह रिकमण्ड करना भई, रंजना का केस। वैसे तुम्हारी वजह से मैं बहुत निश्चिन्त हो गया हूँ। रंजना इस घर में आएगी भी तो उसे अकेलापन नहीं खलेगा।"

"घर-वर आपको बहुत भा गया लगता है!"

"हाँ भई, अच्छा तो है, पर अपनी दाल गल जाए तब है। इसलिए तो तुम्हारी खुशामद कर रहा हूँ।" वे हँसकर बोले। इन दो दिनों में वे मुझसे काफी खुल गये थे।

"जीजाजी, विश्वास कर सको तो एक बात कहूँ! रंजनी अगर मेरी अपनी बेटी होती तो मैं ये रिश्ता कभी नहीं मंजूर करती।"

"क्या कह रही हो!"

"इस घर की बहू हूँ मैं। ज्यादा तो कुछ नहीं कह पाऊँगी। लेकिन इतना जान लीजिए कि दुनिया में रुपया-पैसा ही सब कुछ नहीं है। रुपये-पैसे के साथ कई अलाएँ-बलाएँ भी जुड़ जाती हैं, यह तो आपको भी मालूम ही होगा।"

इससे ज्यादा कुछ नहीं कहा मैंने। मेरी बात का वे विश्वास कर ही लेंगे यह आशा कहाँ थी। फिर भी मुझे तसल्ली थी कि मैंने अपना फर्ज़ पूरा कर लिया है, निर्णय अब वे जो चाहे करें।

शंका के बीज तो मैंने डाल ही दिये थे।

बोल री कठपुतली

उन्होंने एक धमाके के साथ दरवाजा बन्द किया और दनादन सीढ़ियां उतर गये। उनकी हर पदचाप, यहाँ तक कि स्कूटर स्टार्ट करने की आवाज भी उनके उखड़े हुए मूड का पता दे रही थी।

बात मूड उखड़ने की ही थी। बेचारे हवा में उड़ते हुए घर में दाखिल हुए थे। सोचा होगा, प्रमोशन की खबर सुनते ही पत्नी खिल उठेगी। महीनों से जिस ऑर्डर की प्रतीक्षा थी, उस ऑर्डर की कॉपी हाथ में लेकर उसे चूम लेगी। हर्षविह्वल होकर बच्चों को यह खुशखबरी सुनाएगी। भागकर पड़ोस में भी यह समाचार दे आएगी। उल्लसित होकर अपने हनुमान लला के लिए सवा पाँच किलो लड्डुओं का ऑर्डर देगी।

पर पत्नी की प्रतीक्षा इतनी ठंडी, उदास और बेजान रही कि कोई भी आहत हो जाता।

पर आभा भी क्या करे! खुशी तो उसे भी कम नहीं थी। पर प्रमोशन के साथ यह ट्रांसफर का पुछल्ला भी साथ लगा आ गया और उसका दिल बैठ गया। और फिर अनायास ही उसके मुँह से निकल गया, "अब मेरे स्कूल का क्या होगा?"

अमित कुछ क्षण तो उसे हतप्रभ-से देखते रह गये। फिर एकाएक पलटकर बाहर निकल गये। उनके इस तरह चले जाने के बाद ही उसे होश आया कि दफ्तर से थके-मांदे आए थे और वह उन्हें एक कप चाय भी नहीं पिला सकी।

उनके जाते ही बच्चे उस पर टूट पड़े।

"हद करती हो ममा तुम भी।" मोना बोली, "पापा का सारा मूड खराब कर दिया। बेचारे कितनी उमंग लेकर घर लौटे थे। ये तुम्हारा स्कूल न हुआ बस मुसीबत हो गया है। चौबीस घण्टे तुम्हारे दिमाग में यही घूमता रहता है।"

"सच ममा, कभी-कभी तुम बहुत सेल्फ सेण्टर्ड हो जाती हो।" मुकुल

बोला, "दूसरों की फीलिंग्स का जरा भी ख्याल नहीं करती। बहुत दिनों तक अकेली रहती रही हो न, इसीलिए।"

"और शायद इसीलिए घर से उतना अटैचमेंट भी नहीं रहा।" यह मोना थी।

मुझसे कोई पूछे तो मैं कहूँगा–"आय एम डैम हैपी। बहुत राहत महसूस हो रही है मुझे। पापा के प्रमोशन की खुशी से भी ज्यादा बड़ी है ट्रांसफर की खुशी। इसी बहाने तुम्हारे सोशल वर्क से तो मुक्ति मिलेगी। कैसे-कैसे गलीज बच्चे इकट्ठा कर लेती हो। शिट! मुझे तो देखते ही घिन आती है।"

"इतनी ज्यादा खुशी मत मनाइए भैया। आप क्या सोचते हैं, मम्मी रायपुर जाकर घर में बैठी रहेंगी। इम्पॉसिबल। वहाँ फिर कोई नया कारोबार शुरू हो जाएगा।"

आभा हैरत से उन दोनों को देखती रह गयी। ये उसके अपने बच्चे थे। पर एकदम अपनी दादी के अन्दाज में उसे डाँट रहे थे। ताने दे रहे थे। वैसे इसमें उनका कोई दोष नहीं है। घुट्टी में संस्कार तो दादी के ही पड़े हैं। आभा ने तो केवल जन्म भर दिया है। केवल उस एक रिश्ते को छोड़कर कहीं भी तो कोई समानता नहीं है, सामंजस्य नहीं है।

मुकुल तो फिर भी उससे कुछ मिलता-जुलता है पर मोना ने तो रूप-रंग भी उसका नहीं लिया। बिल्कुल अपने पापा पर गयी है। बच्चों की दादी बड़े ठसक के साथ बार-बार यह कहती थीं, "शुक्र है भगवान का, छोरी अपनी माँ पर नहीं गयी। लड़के का तो ठीक है–उसका रूप कोई नहीं देखता। पर छोरी की तो शादी ना हो पाती।"

पता नहीं कितनी बार उसे सुनाकर ये जुमला उछाला गया होगा। उसकी सहनशीलता आखिर एक दिन जवाब दे ही गयी। बोली–"उसकी चिन्ता आप आप क्यों करती हैं माँ जी। ईश्वर सबके जोड़े बनाकर भेजता है। उसकी माँ को ब्याहने वाला भी मिल ही गया था। उसे भी मिल जाता।"

"येल्लो, और सुनो। अरे हमारे जैसे अन्धे और बुद्धू क्या पंसेरियों से मिलते हैं?

मन तो हुआ था कि चीखकर कह दे, 'आप लोग ऐसे अन्धे नहीं थे माँ जी, न बेवकूफ थे। खूब देख-भालकर शादी की है। मुझे मालूम है, कोई मेरे रूप-रंग पर नहीं रीझा। बारह तोला सोना और पच्चीस हजार नकद की बात सुनकर आपके मुँह में पानी भर आया था। वे पच्चीस हजार तो

आपने अपनी लड़की की शादी के लिए उठाकर रख दिए। पच्चीस पैसे भी मुझ पर खर्च नहीं किए। उलटा मेरी एम॰ए॰ की डिग्री को जिन्दगी भर भुनाते रहे।'

घर में महाभारत मच जाने के डर से अपने मन का गुबार वह कभी नहीं निकाल पायी। हमेशा सब्र का घूँट पीकर रह गयी है। इसीलिए शायद बच्चे भी उसे कभी ठीक से समझ नहीं पाए। उनके कोमल अन्तस पर माँ की वही प्रतिमा अंकित है जो उनकी दादी ने बनाई है। तभी तो वे कहते हैं कि हमेशा घर से दूर रहने के कारण तुम्हें घर का अटैचमेण्ट नहीं रहा। कोई उन्हें यह बताए तो कि घर उसने अपनी मर्जी से नहीं छोड़ा है। उसे बाकायदा घर से बाहर भेजा गया है। नौकरी का उसे कभी शौक नहीं रहा। बल्कि एक तरह से चिढ़ ही थी। पर उसे नौकरी करनी पड़ी, ताकि सास-ससुर की गृहस्थी सुचारु रूप से चल सके।

अपने तिकड़मी और घाघ ससुर की याद आती है तो आज भी उसका तन-मन सुलग उठता है। जब देखने आए थे तो उसका सुलेख देखने के बहाने एक प्रार्थना-पत्र लिखवा लिया था। वह तो बहुत झल्लाई थी। एम॰ए॰ पास लड़की से कोई इस तरह इबारत लिखवाता होगा। पर घर में पिता का कठोर अनुशासन था। उनकी आँखों के मौन आदेश की वह अवहेलना नहीं कर सकी। ससुर महोदय खुशी-खुशी उसका वह प्रार्थना-पत्र और सर्टिफिकेटों का पुलिंदा संभालकर चलते बने थे।

अगले हफ्ते ही डाक से सारे सर्टिफिकेट्स लौट आए थे और वर पक्ष की स्वीकृति का पत्र भी। लिखा था कि लड़का कन्या के बुद्धि-वैभव से इतना अभिभूत है कि लड़की स्वयं देखने की जिद भी उसने छोड़ दी है।

इस सुसंवाद में आगामी षड्यन्त्र की जरा भी बू होती तो वह इससे इन्कार कर देती। भले ही उसे अपने पिता की नाराजगी का शिकार होना पड़ता।

पर पता तो उसे तब चला जब वह अपनी दहलीज छोड़ चुकी थी। उसके हाथों की मेंहदी अभी उतरी भी नहीं थी कि उसके हाथों में नौकरी का नियुक्ति-पत्र थमा दिया गया। ससुरजी बड़ी शेखी बघार रहे थे कि शिक्षा मन्त्री के सचिव की दोस्ती बड़ी काम आयी है। एक ही फोन में काम बन गया।

सचिव की दोस्ती शायद नौकरी दिलवाने तक ही सीमित थी। क्योंकि नियुक्ति हुई थी पास के कस्बे के एक हायर सेकंडरी स्कूल में। कस्बा

क्या वज्र देहात था। किसी प्रभावशाली स्थानीय नेता के सौजन्य से वहाँ स्कूल खुल गया। हनीमून को ताक पर रखकर फौरन वहाँ ज्वॉइन करना पड़ा। पति की सारी छुट्टी उसके लिए घर ढूँढ़ने में, उसे ठीक से सैटल करने में बीत गयी। ससुर बोले, "अभी ज्वॉइन कर लो। आगे-पीछे ट्रांसफर करवा लेंगे।"

लेकिन ट्रांसफर का मुहूर्त बड़ी देर में निकला। इस बीच उसके दो बच्चे हो गये। ननद की शादी हो गयी। ससुर परलोक सिधार गये। तब कहीं वह अपनों के बीच आकर रह सकी। सास को लकवा न मारा होता तो शायद अब भी कोई इस विषय में पहल न करता।

माँ पर जी भरकर भुनभुनाने के बाद बच्चे अपनी राह चले गये। शाम के समय घर में बैठे रहना उनके लिए असम्भव था। मुकुल तो खैर लड़का था, पर मोना एक दिन के लिए भी अपना बैडमिंटन छोड़ नहीं सकती थी। दोनों में से किसी को भी यह ख्याल नहीं आया कि मम्मी घर में अकेली हैं। आज की यह शाम उन पर भारी पड़ सकती है। उन्हें अगर सहानुभूति थी भी तो अपने पापा के साथ।

इस घर में कोई उसे समझने की कोशिश नहीं करता। उसके अपने बच्चे भी नहीं। वह किस-किस को दोष दे!

दस साल पुराना, इसी से मिलता-जुलता एक प्रसंग याद आ गया। बच्चे तो उस समय छोटे थे, पर घर में सास थीं, देवर थे, पास-पड़ोसी थे—सबने उसे कोसा। तब भी उसकी सहानुभूति अमित के ही साथ थी।

उस दिन रोहित का, उसके छोटे देवर का रिजल्ट आया था। उसके डॉक्टर होने की मिठाई अभी पूरे मुहल्ले में बँटी भी नहीं थी कि अमित ने कहा, "आभा! बस अब तुम कल आखिरी बार स्कूल जाओगी...और वह भी इस्तीफा देने!"

"क्यों?" इस अनपेक्षित प्रस्ताव से वह चकित थी।

"इसलिए कि यह मेरा वादा था। मैंने तुमसे कहा था कि रोहित, मोहित की पढ़ाई और रेणु की शादी, जिस दिन मेरा यह टारगेट पूरा हो जाएगा, मैं तुम्हें एक दिन भी नौकरी नहीं करने दूँगा।"

"ठीक है, आपका वादा था, आपने पूरा किया। पर नौकरी क्या एकदम इस तरह छोड़ी जा सकती है?"

"नोटिस-पीरियड की ही समस्या है न! चलो, उसे भी पूरा लो!" अमित

ने उदार होते हुए कहा।

"नहीं, समस्या सिर्फ नोटिस की नहीं है।"

"फिर?"

"आपने सिर्फ अपने वादे का, अपने टारगेट का ख्याल किया। मेरे बारे में भी तो कुछ सोचा होता। आखिर मेरा भी तो कुछ हक बनता है। इतने दिनों बाद जाकर अब मेरा इस नौकरी में कुछ मन लगा है। स्कूल में मेरी एक पोजीशन बनी है। लड़कियों में एक इमेज बनी है मेरी। यह सब कुछ मैं एकदम छोड़ नहीं सकती! फिर मेरी सीनिआरिटी भी मारी जाएगी।"

"सीनिआरिटी का अब तुम्हें क्या करना है? नो आभा; प्रॉमिस इज प्रॉमिस! बहुत खट चुकी तुम! अब घर बैठो। अपने बच्चों को देखो। जिम्मेदारियाँ अब नहीं रहीं। और मेरी आमदनी भी पहले से कुछ बढ़ी है। अब यह तुम्हारे आराम करने के दिन हैं।"

उस दिन भी हजार गिले-शिकवे आभा के होंठों तक आकर लौट गये थे। खुशी के उस माहौल में वैसे भी उसका रोना-बिसूरना बेसुरा ही लगता। लेकिन उसका मन बार-बार कलप रहा था—'अमित! तुमने मुझे क्या कोई चाबी का खिलौना समझ रखा है। कोई मोम की गुड़िया हूँ मैं? क्या मेरी कोई आशा, कोई आकांक्षा नहीं है?...

'आज तुम्हारा वादा, तुम्हारा प्रॉमिस तुम्हारे लिए अहम हो उठा है। उस समय अपने कर्तव्य, अपने उत्तरदायित्व तुम्हारे लिए सर्वोपरि थे। तुम्हें उस नवेली दुल्हन का जरा भी ख्याल न आया जो पता नहीं कितने अरमान संजोए तुम्हारे घर में आयी थी और शादी का पहला उपहार उसे क्या मिला? —नौकरी!...

'तुम्हारे भाई पढ़ने वाले थे, बहन ब्याहने को थी, इसीलिए तुमने मेरी गृहस्थी का सुख छीन लिया। मुझे नौकरी में जोतकर उस कस्बे में फेंक दिया जहाँ न ढंग का मकान था, न ढंग की कम्पनी थी। उस एकांत में मेरा मन कितना रोया होगा, कभी सोचा है। तुम तो हर आठवें-चौदहवें दिन आते थे और अपनी प्यास बुझाकर वापस लौट जाते थे। पर तुमने यह कभी नहीं सोचा कि मेरा भी मन कभी उस दलदल से बाहर निकलने को छटपटाता होगा।'

कभी नहीं समझ पाए अमित। और जब वे नहीं समझ पाए तो औरों से तो आशा करना ही व्यर्थ था। बल्कि उन सबके लिए तो यह एक आदर्श

व्यवस्था थी। ससुर खुश थे कि हर महीने पाँच सौ उनकी अंटी में मुफ्त का चला आ रहा है। पहली तारीख के आसपास वे बहू की खैरियत पूछने के बहाने चक्कर लगाते। राशन-पानी दे जाते और पूरी तनख्वाह झटककर ले जाते। मुश्किल से हाथ-खर्च के लिए कुछ छोड़ जाते। बहू का भी किसी बात के लिए मन करता होगा, यह उन्हें ख्याल ही नहीं था। वक्त काटने की गरज से आभा एक-दो ट्यूशन करने लगी थी। तब से जेब-खर्च भी उसे मुश्किल से नसीब होता था।

उसकी सास खुश थी कि बेटे की शादी के बाद भी घर पर उनका एकछत्र शासन कायम है। यों कहने को वह बिसूरती रहतीं—"अरे बहू का सुख हमें क्या मिला, हमें तो अब भी तीसों दिन चूल्हे में सिर देना है। मेम साहब तो तीज-त्यौहार पर पाहुन की तरह आती हैं।" और जब आभा आती तो वे एकदम आराम के मूड में आ जातीं। बेचारी आभा, दिन-रात रसोई में खटती रहती। घूमने का या पिक्चर देखने का भी समय नहीं मिलता। और पिक्चर अकेले देखना तो सम्भव ही नहीं था। पूरा लाव-लश्कर साथ ले जाना पड़ता, नहीं तो सबके मुँह फूल जाते।

उसके बाहर रहने से देवर-ननद भी खुश थे। भैया की शादी के बाद उनकी स्वतन्त्रता में कोई कमी नहीं आयी थी। न उन्हें स्थान या समय की कोई कमी हो रही थी। ननद तो कुछ ज्यादा ही प्रसन्न थी। वह बड़े मजे से आभा की भारी-भारी साड़ियाँ लथेड़ रही थी। आभा जब भी घर आती उसे अपना सब कुछ उलट-पुलट मिलता। पर अलमारी या बक्से का ताला लगाने का नाम लेते ही अमित कानों पर हाथ रख लेते।

किसी तरह वह अपने को एडजस्ट कर रही थी कि ट्रेनिंग का ऑर्डर आ पहुँचा। पिछली बार वह अपनी गर्भावस्था के कारण छुट्टी पा गयी थी पर सरकारी आदेश को बार-बार तो नकारा नहीं जा सकता। दो साल की मोना को माँ के पास और चार साल के मुकुल को सास के पास रखकर जाते हुए उसका मन छलनी हो गया था। उसके बाद तो मुकुल जैसे दादी का ही होकर रह गया था। उसे अंग्रेजी स्कूल में दाखिला मिल गया था।

दो साल बाद मोना को भी बुला लिया गया। बेचारी लड़की—गाँव में बरबाद हो जाएगी। आभा फिर अकेली पड़ गयी। जिस समय उसके बच्चों को उसकी जरूरत थी वह दूसरे बच्चों में सिर खपाती रही।

जब उसका अपने शहर में तबादला हुआ, तब तक बच्चे उसकी पहुँच

से बाहर हो गये थे। वे खाट पर निस्सहाय पड़ी दादी के आसपास ही मँडराते रहते। माँ की निरन्तर उपस्थिति के अभ्यस्त होने में उन्हें कुछ समय लगा, फिर भी एक भावनात्मक दूरी बनी ही रही।

तब आभा ने स्कूल में मन लगाया। गाँव के मुकाबले यह स्कूल एकदम अलग था। हर दिन आभा के लिए एक नयी चुनौती बनकर आता। पर उसे स्वीकार करने में उसे मजा आने लगा। अपनी सोयी हुई आत्म-चेतना को उसने झकझोरकर जगाया। अपने संचित ज्ञान की गठरी की धूल साफ की और एक नये आत्मविश्वास के साथ मैदान में उतर पड़ी।

और अब जबकि वह लोकप्रियता का शिखर छू रही थी, अमित कहते हैं—नौकरी छोड़ दो। यह अन्याय नहीं तो क्या है?

लेकिन अमित ने यह अन्याय किया और डंके की चोट पर किया। इसके लिए खूब वाहवाही भी लूटी। सब कहते, "वाह! इसे कहते हैं बात का धनी। भाई पढ़ लिए तो फिर एक दिन भी बीवी को नौकरी पर नहीं जाने दिया। नहीं तो भला लगी-लगाई नौकरी कोई छुड़वाता है, और वह भी सरकारी!"

और तो और, स्कूल में भी सबने उसे बधाई दी थी। आर्थिक मजबूरियों के तहत नौकरी करने वाली उन महिलाओं ने उसके सम्वेदनशील पति को सराहा था। उसकी ईमानदारी की दाद दी थी। पहले उन्हें आभा के इतनी जल्दी पॉपुलर हो जाने पर रश्क होता था, अब उसके घर पर आराम से बैठने की कल्पना से ईर्ष्या हो रही थी।

यह तो वही जानती है कि इस्तीफा देते हुए उसे कितनी पीड़ा हुई थी। उसके बाद महीनों वह गुमसुम बनी रही। अपने काम से, अपनी छात्राओं से उसे मोह-सा हो गया था। वे लोग भी उसे चाहने लगी थीं। कई दिनों तक सब-की-सब झुण्ड बनाकर उससे मिलने आती रहीं, उसके सामने बैठकर बिसूरती रहीं। नयी टीचर की शिकायत करती रहीं। कुछ दिनों बाद उनका वह जोश खत्म हो गया, पर पत्र बराबर आते रहे। प्यारे-प्यारे, कविता से, शायरी से भरे पत्र, जिनके हर शब्द से उन किशोरियों का अकृत्रिम स्नेह छलकता था। आभा उन पत्रों को बार-बार पढ़ती और पुलकित होती। फिर किसी गुप्त धन की तरह सहेजकर रख देती। घर में और किसी को उनमें दिलचस्पी नहीं थी। उल्टे वह सब मजाक ही बनाते थे।

धीरे-धीरे वे पत्र भी बन्द हो गये। इस उम्र का जोश बस थोड़े ही दिनों

का होता है। और तब आभा एक निचाट खालीपन से भर उठी। उसे लगा कि उसके भीतर कुछ है जो पड़े-पड़े जंग खा रहा है। सास जब तक रहीं, तब तक उनकी सेवा-टहल में समय कट जाता था। पर उनकी मृत्यु के बाद तो जैसे करने को कुछ रहा ही नहीं। खाली समय उसे काटने को दौड़ने लगा। मन बहलाने के लिए उसने यों ही महरी की बेटी कुसुमा को जबरदस्ती पढ़ाना शुरू कर दिया। तब केवल समय काटने की बात मन में थी। पर कब उसके विद्यार्थी एक से चार–और चार से चालीस हो गये, उसे पता ही नहीं चला। उसका स्कूल पहले तो घर के बरामदे से निकलकर मेहता साहब के गैराज में आया। और अब तो रावत साहब के आउट हाउस में धड़ल्ले से चल रहा है। पास-पड़ोस की झुग्गियों के सारे बच्चे उसके पास आने लगे हैं। उन्हें संस्कारित करने में उसे अजीब-सी तृप्ति मिलती है।

उसके इस शौक को पहले सबने पागलपन या फिजूल का खब्त करार दे दिया था। पर आभा को यह जानकर खुशी हुई कि उस–जैसी पागल औरतें दुनिया में और भी हैं। अपने भीतर के खालीपन को भरने की कोशिश में उसे कई हमजोलियाँ मिल गयीं। ऐसी महिलाएँ मिलीं जो अपना खाली समय किटी पार्टियों में गुजारना नापसन्द करती थीं। उसकी अपेक्षा वे दोपहर के दो घण्टे इन बच्चों को देने के लिए तैयार थीं। कुछ बहने खुद आकर आभा के छात्रों को पुराने कपड़े बाँट जाया करती थीं। कुछ माताएँ अपने लाड़ले का जन्मदिन इन निर्धन बच्चों के बीच मनाना अधिक श्रेयस्कर समझती थीं। वह एक दिन उनके लिए त्यौहार का दिन हो जाता था। निःसंतान रावत दंपती ने तो अपना आउट हाउस ही इन बच्चों को दे डाला था।

मतलब यह कि बहुत से लोग थे, जो कुछ करना चाहते थे। अनजाने ही आभा ने उन्हें दिशा दे दी। वह एक तरह से उनकी प्रेरणा बन गयी।

इस साल वह अपने कुछ बच्चों को पाँचवीं बोर्ड की परीक्षा दिलवा रही थी। जी-जान से उनकी तैयारी करवा रही थी। उसने उन बच्चों के माँ-बाप को भी ताकीद कर दी थी कि वे बच्चों को घर के काम से न लादें। कम-से-कम 3-4 महीने उन्हें जमकर पढ़ाई करने दें। जिनके घर में सुविधा नहीं थी, उन्हें वह सुबह-शाम अपने बरामदे में बिठा लेती थी।

अब वह महज एक स्कूल नहीं था, एक सपना था जो वह संजो रही थी। अनचाहे ही वह उसके जीवन का अहम हिस्सा बन गया था। इसीलिए ट्रांसफर की बात सुनते ही उसके मुँह से अनायास ही निकल पड़ा–फिर मेरे

स्कूल का क्या होगा?

पड़ोस के रेडियो पर जब प्रादेशिक समाचार प्रसारित होने लगे तो वह जैसे नींद से जागी। सात बज गये थे और उसका घर अब तक अँधेरे में डूबा था। उसने ठाकुरजी के सामने दीया जलाया, उन्हें माथा टेककर फिर सारे घर में रोशनी की।

उसके बाद आभा ने रसोई का रुख किया। सात बज गये थे और अब तक शाम के खाने की कुछ भी तैयारी नहीं हुई थी। बच्चे आते ही शोर मचा देंगे। खेलकर आते हैं तो उन्हें भूख भी कसकर लगती है। फिर श्रीमानजी भी तो आज बिना चाय-नाश्ते के चले गये हैं।

समय का ख्याल करके उसके तो हाथ-पाँव फूलने लगे। उसने मशीन की-सी फुर्ती से सब्जी काटना शुरू किया। दोनों गैस जला लिए। और आश्चर्य आठ बजे तक वह पूरा खाना बना चुकी थी। मजे की बात तो यह थी कि अनजाने ही सारा खाना अमित की पसन्द का बन गया था। आलू, पनीर, भरवां मिर्च, प्याजी पुलाव, मेथी की भुजिया, सब्जी। अमित का तब भी कोई अता-पता नहीं था। मौके का फायदा उठाकर उसने चटपट सिवइयां भी बना डालीं। उसके पति की तरक्की हुई थी। सेलिब्रेट तो करना ही था।

अमित रात के दस बजे लौटे। बच्चे समय से लौट आए थे। पर दोनों अपने कमरों में खामोश बैठे पढ़ते रहे। किसी ने भी खाने के लिए शोर नहीं मचाया। सब काम से निबटकर वह अकेली टी॰वी॰ के सामने बैठी रही। एकाध बार किसी मजेदार कार्यक्रम को देखने के लिए उसने मोना को आवाज भी दी, पर वह बड़ी आसानी से अनसुनी कर गयी। जैसे जतलाना चाहती हो कि वह मम्मी से बहुत नाराज है।

अमित के आते ही उसने खाना लगाया और बच्चों को आवाज दी। तीनों चुपचाप आकर बैठ गये और कौर तोड़ने लगे। उसने इतने मन से खाना बनाया था, पर प्रशंसा में किसी ने एक शब्द भी नहीं कहा। सिवइयां तो किसी ने छुई भी नहीं। उसने जब इसरार किया तो उसे खा जाने वाली नजरों से देखते रह गये—बस!

आखिर यह सन्नाटा उसकी बरदाश्त से बाहर हो गया। "सुनिए।" उसने रात को अपने कमरे में आने पर मनाने वाले अन्दाज़ से अमित से कहा, "जरा-सी बात का आप लोग इतना बतंगड़ क्यों बना लेते हैं! मैंने ऐसा क्या गुनाह कर दिया?"

"यह जरा-सी बात थी? अमित एकदम फट पड़े, जैसे उन्हें इसी अवसर की प्रतीक्षा थी—"इन्सान क्या सोचकर घर में दाखिल होता है और उसे क्या ट्रीटमेंट मिलती है—वाह!"

"आप इस बात को जरा शान्ति से भी तो ले सकते हैं। कभी मेरी ओर से भी तो सोचकर देखिए।"

"अब क्या रह गया है सोचने को। तुमने तो आज अच्छी तरह साबित कर दिया कि तुम्हारे लिए मैं, मेरी भावनाएँ, मेरा कैरियर कोई अर्थ नहीं रखते। बस वह एक फटीचर स्कूल ही तुम्हारे लिए सब कुछ है। नॉनसेन्स?"

"कभी इसका कारण भी जानना चाहा आपने?"

"मुझे जरूरत भी नहीं है!"

लेकिन मुझे है। आभा ने आग्रह के साथ कहा—"मैं चाहती हूँ कि आप जानें कि मेरा यह शरीर यन्त्र-चालित नहीं है। इसके अन्दर एक मन भी है—मन, जो सुख-दुःख की परिभाषा जानता है, समझता है।...देखिए वह तो सरकारी नौकरी थी। एक फंदे की तरह गले में पड़ी हुई थी। आपके एक इशारे पर मैंने उसे उतार फेंका। लेकिन पीड़ा मुझे तब भी हुई थी।...अब यह तो नौकरी नहीं है। यह तो मेरा अपना काम है, एक मिशन है। यह भाड़े का स्कूल नहीं है। मेरी अपनी संस्था है। अपने खून-पसीने से मैंने इसे सींचा है...मैंने यह तो नहीं कहा कि इसे छोड़कर मैं आपके साथ नहीं आऊँगी। पर छोड़ते हुए थोड़ा दुःख तो होगा ही। क्या मेरा उतना भी हक नहीं है? क्या मेरे श्रम की इतनी भी सार्थकता नहीं है!" कहते-कहते उसका गला रुँध आया।

पत्नी का अश्रुप्लावित चेहरा देखकर अमित रोष भूल गये। उन्हें उस पर प्यार आ गया। उनके भीतर का चोट खाया पुरुष इस आत्मनिवेदन से शायद परम तृप्त हो गया। आभा को बाँहों में भरकर बोले—"चियर अप डियर! तुम चिन्ता क्यों करती हो? जानती हो, रायपुर में तो अब बड़ा बंगला मिलेगा। उसमें सर्वेन्ट क्वार्टर भी होगा। तुम्हें कहीं बाहर जाने की भी जरूरत नहीं है। वहीं पर जितने चाहो बच्चे बुला लेना। झुग्गी-झोंपड़ियों की तो इस देश में कमी नहीं है। और बच्चे भी कमबख्त थोक में पैदा करते हैं!"

"आपको यह सब इतना आसान लगता है?"

"इसमें मुश्किल क्या है! वहाँ तो नौकर-चाकर भी होंगे। छत्तीसगढ़ में लेबर वैसे भी चीप है। तुम घर का कोई भी काम मत करना। निश्चिंत होकर अपने मिशन में जुट जाना, बस!"

"क्या हर बार इस तरह नये सिरे से शुरू करना सम्भव है। और हर बार इसी तरह अपने किये-कराये को बिखेरकर अगले पड़ाव पर चल देना होगा? क्या यही इन प्रयासों की सार्थकता है?"

आभा पूछती रह गयी। पर अमित उस समय उत्तर देने के मूड में नहीं थे। वे तो संधि के उन क्षणों को सार्थक करने के लिए व्याकुल थे।

रानियाँ

वन्दना कुछ काँपते, कुछ हाँफते कदमों से हॉल पर पहुँची। जैसा कि उसने चाहा था, भीतर अँधेरा हो चुका था और नाटक अपने पहले उबाऊ चरण पर था। उसने बाहर कॉरीडोर के प्रकाश में अपना सीट नम्बर एक बार फिर देखा और यथाशक्ति अपने को समेटती-सिकोड़ती टटोलकर सीट तक पहुँच गयी।

पर हाय रे, दुर्भाग्य!

अभी बैठकर साँस भी ठीक से न ले पायी थी कि अँधेरे में एक प्रश्न उछला–"अकेले आयी हैं?"

उसने सहमकर देखा, वही उत्सुक आँखें, वही आतुर चेहरा। उसे इतनी कोफ्त हो आयी। चाहे रविशंकर का सितार हो या मालिनी राजूरकर का गायन, शौकिया कलाकारों का प्रायोगिक नाटक हो या संयुक्ता पाणिग्रही का ओडिसी नृत्य–यह अधेड़ जोड़ा हर कहीं टकरा जाता है। वन्दना और कुमार जितना उन लोगों से बचने की कोशिश करते, उतने ही वे लोग परिचय के लिए आतुर नजर आते। कभी पान ऑफर करते तो कभी कैफे में चाय का निमंत्रण देते। कभी सख्ती से तो कभी नरमी से, कुमार हर बार उनके निमंत्रण को टाल देते। लेकिन कोई बगल में ही आकर खड़ा हो जाए तो उसे आप नहीं रोक सकते।

और फिर वह महिला अपने गंगा-जमुनी बालों का जूड़ा बार-बार कसने का प्रयास करती हुई कहती, "हम लोगों की टेस्ट कितनी मिलती है न!"

कुमार और वन्दना भी पहले अपने बारे में यही सोचते थे। जहाँ भी जाते और सोचते, हमारी पसंद एक-दूसरे से कितनी मिलती है। शुरू में शायद यही कारण रहा हो। पर अब तो कहीं भी जाने का मतलब है, घंटे-दो घंटे साथ बैठ लेना। भीड़ के बीच का यह एकान्त उन्हें अब बेहद भाने लगा है। सबके बीच रहकर भी आप अपने में खोए रह सकते हैं।

पर कुछ दिनों से यह अधेड़ दंपती जोंक की तरह उनके पीछे पड़ गये हैं और उनके सामीप्य सुख का सारा रस सोख ले रहे हैं।

और आज तो वन्दना अकेले उनके हत्थे चढ़ गयी है।

"आज डॉक्टर साहब नहीं आये?"

"जी, कुछ मरीज आ गये थे।" वन्दना ने बला टालते हुए कहा। पता नहीं किस कुघड़ी में कुमार इन्हें अपने डॉक्टर होने की बात बता गये थे।

"आप भी डॉक्टर हैं ना?"

"नहीं।"

"शादी को कितने साल हो गये?"

वह महिला जैसे कुमार की अनुपस्थिति का पूरा लाभ उठाना चाह रही थी।

"दस।"

पड़ोसन ने झट अपने पति के कान में फुसफुसाकर यह सूचना डाल दी और दूसरा सवाल दागा–

"बच्चे तो होंगे?"

"जी, चार हैं।"

यह सूचना भी पति को दी गयी, इस रिमार्क के साथ कि दोनों फिर भी कितने फ्रेश लगते हैं।

नाटक तब तक अपने उबाऊ चरण से उबर चुका था और मंच पर कुछ चहल-पहल शुरू हो गयी थी। आगे-पीछे बैठे लोग शिकायती नजरों से वन्दना को घूरने लगे थे। उसे खुद इस स्थिति से ऊब होने लगी थी। वह एक झटके के साथ उठी और बाहर आ गयी। सौभाग्य से अभी रात ज्यादा नहीं गहराई थी और उसे जल्दी ही रिक्शा मिल गया।

दस मिनट बाद वह घर पर थी। सवा छह बजे वह घर से निकली थी और अब साढ़े सात हो रहे थे। इस सवा घण्टे में उसकी दुनिया उलट-पुलट हो गयी थी।

माँ शायद खाना खा रही थीं। घंटी की आवाज सुनकर वैसे ही दौड़ी आयीं–"अरे वन्दू! बड़ी जल्दी आ गयी।"

"सॉरी माँ। तुम्हें खाना खाते बीच में उठना पड़ा। कोई व्रत तो नहीं था न आज। नहीं तो तुम यहीं फुलस्टॉप कर दोगी।"

"अरे आधी रोटी कम ही खा लूँगी तो मुझे कोई फर्क नहीं पड़ता। पर तू क्यों जल्दी लौट आयी? शो कैंसल हो गया क्या?"

"नहीं माँ! शो क्यों कैंसल होगा। कुमार साथ नहीं थे आज। सोचा रात को अकेले लौटने में दिक्कत होगी। उनके भरोसे अपनी लूना भी नहीं ले

गयी थी। बेकार ही रिक्शे में बारह रुपये फुँक गये।" उसने लापरवाही से अपना पर्स उछालते हुए कहा।

"लेकिन कुमार आया क्यों नहीं? वह खुद ही तो टिकट लाया था।"

"ओफ्फो माँ, इमर्जेन्सी भी तो कुछ होती है। पता है, उनकी बीवी का ऑपरेशन हुआ है?"

"क्या?" माँ की आँखें फटी की फटी रह गयीं।

"और क्या, मरते-मरते बची है। बच्चा तो पेट में ही मर गया था।" वन्दना ने माँ के विस्मय को अनदेखा करके कहा, "वह तो अच्छा हुआ कि माँ बच गयी। नहीं तो लड़कियाँ बेचारी अनाथ हो जातीं।"

"लेकिन..."

"माँ, अपना खाना पूरा कर लो ना, मैं अब जल्दी आ ही गयी हूँ तो कल का चैप्टर थोड़ा देख लेती हूँ। सुबह तो ऐसी भागमभाग मच जाती है कि बस।"

माँ को वहीं मूर्तिवत् खड़ा छोड़कर वन्दना अपने कमरे में चली आयी। चैप्टर तो वह क्या खाक देखती। बत्ती बुझाकर सीधे अपनी मच्छरदानी में दुबक गयी। पर उस अँधेरे में भी माँ की फटी-फटी आँखें उसका पीछा करती रहीं।

पर माँ का भी क्या दोष था। जब डॉ॰ सक्सेना, कुमार के पार्टनर ने उसे यह सूचना दी थी, तो उसकी आँखों का फैलाव शायद इससे भी दुगुना हो गया था। तभी तो सक्सेना ने घबराकर पूछा–"माफ कीजिए, वन्दनाजी। पर क्या सचमुच आपको पता नहीं था?"

आश्चर्य उसके चेहरे पर इस कदर पुत गया था कि नाटक करने में कोई तुक ही नहीं थी। फिर भी उसने संयत स्वर में कहा–"दरअसल हम लोगों के बीच इस तरह की कोई चर्चा ही नहीं हुई।"

"चर्चा उसने जान-बूझकर नहीं चलने दी होगी; क्योंकि न सिर्फ उसके बीवी है बल्कि दो बच्चियाँ भी हैं। लड़कों के मामले में ही वह अनलकी रहा है। दो साल पहले मरा हुआ बच्चा हुआ था और इस बार फिर मरा हुआ बच्चा।"

"क्या कह रहे हैं? बट ही लुक्स सो यंग।"

"वह तो स्वाभाविक है। पढ़ते हुए ही शादी हो गयी थी। एम॰बी॰बी॰एस॰ करके निकला तब एक बच्चे का बाप बन चुका था। उस समय भी वह

इस बात को किसी ऐब की तरह छिपाता था। शायद वही आदत अब भी बनी हुई है।"

वन्दना हैरान थी: "क्या अब भी हमारे देश में इस तरह की शादियाँ होती हैं?"

सक्सेना हँस पड़ा–"आपका देश शायद महानगरों तक ही सीमित है वन्दनाजी। नहीं तो गाँवों में तो ऐसी शादियाँ आम हैं। वहाँ तो पढ़ने वाले लड़के ही ज्यादा पसंद किए जाते हैं।"

"क्यों?"

"सस्ते जो मिल जाते हैं। एक बार ये डॉक्टर, इंजीनियर, वकील या प्रोफेसर बन जाएँ तो फिर इनकी बोली लाखों पर टूटती है। इसीलिए लोग-बाग इन्हें पहले से बुक कर लेते हैं। फिर कुमार की तो सारी पढ़ाई ही दहेज के सहारे हुई है। इसके पिता की इतनी हैसियत कहाँ थी।"

सक्सेना फिर बड़ी देर तक कुमार के घर-परिवार के बारे में बताता रहा। वन्दना शिष्टाचारवश हाँ-हूँ कर रही थी। पर उसकी समझ में कुछ नहीं आ रहा था। मन जैसे सुन्न हो गया था। वह लगातार यही सोच रही थी कि सक्सेना क्या सोच रहा होगा। जरूर मन ही मन उसकी हँसी उड़ा रहा होगा। एम॰ ए॰, पी-एच॰ डी॰ होने का दम भरती है यह लड़की, पर इतना बड़ा झूठ नहीं पकड़ पायी। जरूर उस पर तरस खा रहा होगा सक्सेना।

इसीलिए ज्यों ही वह साँस लेने के लिए रुका, वन्दना ने घड़ी देखते हुए कहा–"मैं चलूँगा अब। हॉल में अँधेरा हो जाता है तो सीट खोजने में बड़ी दिक्कत होती है।"

यही नहीं, उसने हाथ दिखाकर सड़क पर दौड़ते एक खाली ऑटो को रोक भी लिया। वह सक्सेना को जता देना चाहती थी कि कुमार का साथ उसे नाटक आदि के लिए ही दरकार है। वह यह भी दिखाना चाहती थी कि इतने बड़े रहस्योद्घाटन से वह जरा भी विचलित नहीं हुई है। कुमार की अचानक अनुपस्थिति से उसके कार्यक्रम पर कोई असर नहीं पड़ा है। एक जिद थी जो उसे टैगोर हॉल तक ले गयी थी। उस बातूनी महिला से भेंट न होती तो शायद वह पूरा नाटक देखकर ही लौटती।

उस देवी की याद आते ही उसे हँसी आ गयी। प्रश्नों की फौज लेकर कैसे पिल पड़ी थी उस पर और वन्दना भी क्या सफाई से जवाब दिए जा रही थी।

यह तो अब जाकर अहसास हुआ था कि उसने अपने मन से कुछ नहीं

जोड़ा था। यह तो वही सब था जो वह अनमने भाव से सक्सेना से सुनकर आ रही थी। वह तो सोच रही थी कि सारी बातें उसके कानों से टकराकर वैसी ही लौट रही हैं। यह तो अब जाना कि एक-एक बात उसके अन्त:पटल पर अंकित हो गयी है।

यह भी याद आया कि जिन दिनों वह कुमार के प्रेम में आकंठ डूबी हुई थी, कुमार की पत्नी चौथे बच्चे की तैयारी कर रही थी। ओ गॉड!

अगले चार-पाँच दिन जीवन जैसे जहाँ का तहाँ ठहर गया था। वन्दना के सपनों का महल भरभराकर गिर पड़ा था और वह उसके मलबे के नीचे मुँह छिपाकर पड़ी रही थी। उसकी चेतना को जैसे लकवा मार गया था।

माँ असहाय नज़रों से उसका छटपटाना देखती रहीं। उन्होंने कोई पहल नहीं की, क्योंकि जानती थीं कि वन्दना का वह दु:ख सांत्वना से परे है। समय ही यह घाव भर पाएगा।

उनकी अपनी हताशा भी थी, जो कुछ कम नहीं थी। पिछले दिनों बेटी के भविष्य को लेकर वे कितनी निश्ंचित हो गयी थीं। कैसी-कैसी सुखद कल्पनाओं का ताना-बाना बुनने लगी थीं। उनकी सखी-सहेलियों ने तो छेड़ा भी था–"आप तो बहुत लकी हो बहनजी। घर बैठे मुफ्त में डॉक्टर जँवाई मिल रहा है।"

तब वे भीतर से छलकती अपनी प्रसन्नता को दबाते हुए कहतीं–"मुफ्त में क्यों? लड़की भी तो मेरी हीरा है।"

शायद उन्हीं पास-पड़ोसियों की ईर्ष्यालु नजर उनकी खुशी को खा गयी। पर इस तरह थक-हारकर कोई कितने दिन बैठ सकता है। जिन्दगी की सच्चाइयों से कभी तो आँख मिलानी ही होती है। वन्दना भी एक दिन मन पर जमी निराशा की गर्द को झटककर उठ खड़ी हुई। अपने अरमानों की गठरी को उसने अंतस के एक अँधेरे कोने में पटक दिया और बड़ी दिलेरी से सामने खड़े यथार्थ से हाथ मिला लिया।

उस दिन जब वह हमेशा की तरह गुनगुनाते हुए कॉलेज के लिए तैयार होने लगी तो माँ के मन से जैसे बोझ-सा हट गया। इस लड़की ने तो पिछले दिनों उनकी भूख-प्यास हर ली थी।

"माँ, शाम को थोड़ा लाइब्रेरी जाऊँगी। देर हो जाए तो चिंता मत करना।" जाते हुए वन्दना ने कहा तो उनकी आँखें खुशी से छलक आयीं। चलो लड़की फिर से नॉर्मल होती जा रही है!

कॉलेज से छूटते ही वन्दना ने गाड़ी कुमार के क्लीनिक की ओर मोड़ दी। अब तो उसे इस रास्ते का एक-एक मोड़ याद हो गया है। पर वह केवल संयोग ही था जो पहली बार उसे यहाँ लाया था।

चार दिन बाद उसका पहला स्टेज प्रोग्राम था। वह वैसे ही बेहद नर्वस हुए जा रही थी। और खाँसी थी कि पीछा नहीं छोड़ रही थी। उसके संगीत वाले गुरुजी उसे 'स्टेज फीवर' का नाम दे रहे थे। माँ का मत भी शायद ऐसा ही कुछ था। पर उन्होंने घरेलू उपचारों से वन्दना को इतना आक्रान्त कर दिया था कि वह भागने की राह ढूँढ़ रही थी।

उस दिन गुरुजी के घर से लौटते हुए इस जुड़वाँ क्लीनिक पर नजर पड़ गयी। शायद नया ही खुला था। एक कोई डॉक्टर सक्सेना थे—बाल रोग विशेषज्ञ और एक थे डॉक्टर कुमार—नाक-कान-गले वाले...।

वह तुरन्त लूना से उतर पड़ी थी। यह भी एक संयोग ही था कि उस दिन डॉक्टर कुमार क्लीनिक में अकेले थे और फुरसत में थे। वे देर तक उसके गले का मुआयना करते रहे। ढेर सारी बातें पूछते रहे। दो ही दिन में उन्होंने न सिर्फ उसका गला ठीक कर दिया, बल्कि उसकी करामात देखने चौथे दिन हॉल पर भी जा पहुँचे।

"अपनी दवा का असर देखने आया हूँ।" उन्होंने हँसकर कहा था।

और उस शाम एक नयी मैत्री का सूत्रपात हुआ था। जब भी समय मिलता वे दोनों साथ हो लेते। और कोई कार्यक्रम देख आते। कोई अच्छा कार्यक्रम नहीं मिलता तो किसी कला फिल्म को धन्य कर आते। कुमार को आश्चर्य होता कि यह एम० ए०, पी-एच० डी० समाजशास्त्र की व्याख्याता साहित्य और संगीत में इतना दखल कैसे रखती है। वन्दना हैरान थी कि यह रसिक और कलामर्मज्ञ व्यक्ति डॉक्टर कैसे बन गया! इसकी जगह तो कहीं और थी।

जो भी हो, साथ-साथ बिताई हुई हर शाम उनके लिए अविस्मरणीय बन गयी थी। वन्दना तो जैसे सुख के हिंडोले पर झूल रही थी। तब क्या पता था कि उसकी खुशी का प्रत्येक पल चोरी का है। अब तो वह उन दिनों के बारे में सोचती भी है तो आत्मग्लानि से भर उठती है।

सक्सेना अकेला ही मरीजों से जूझ रहा था। वन्दना ने अपनी सदाबहार मुस्कान के साथ उससे हलो किया तो वह बुरी तरह चौंक पड़ा। उसका अगला प्रश्न और भी चौंकाने वाला था—"डॉक्टर साहब, उस दिन आपसे

पूछना भूल गयी थी। हाँ तो आप बता रहे थे न कि मिसेज कुमार को यहीं ले आये हैं। तो वे कहाँ एडमिट हैं?"

अपने आश्चर्य पर किसी तरह काबू पाते हुए सक्सेना ने एक नर्सिंग होम का पता दे दिया। धन्यवाद देते हुए वह नीचे उतर आयी। लूना स्टार्ट करने को ही थी कि देखा, सक्सेना भी पीछे-पीछे आ गया है।

"डोंट बी फॉर्मल डॉक्टर। आपके मरीज परेशान होंगे।"

"वन्दनाजी, एक बात कहनी थी।"

उसके स्वर से वह थोड़ी चौंकी।

"कहिए।"

"आप अभी वहाँ न जाएँ तो अच्छा है। एक तो मिसेज़ कुमार अभी बहुत नाजुक दौर से गुज़र रही हैं, दूसरे...।"

"कहिए न, रुक क्यों गये?"

"आप जाएँगी तो कुमार सोचेगा, मैंने ही आपको पता-ठिकाना देकर भेजा है।"

"तो उससे क्या फर्क पड़ता है!"

"पड़ता है। ही मे नॉट लाइक इट। और फिर आप तो जानती हैं कि दोस्ती बड़ी नाजुक चीज होती है। जरा से में गलतफहमी हो जाएगी। और आप जानती हैं, दोस्त तो हम हैं ही। अब काम-धन्धे से भी जुड़ गये हैं।"

"शायद आप ठीक ही कह रहे हैं।"

वन्दना चलने को हुई, सक्सेना ने फिर रोक लिया, "एक बात और?"

"अब क्या हुआ?"

"कुमार का जब भी न्याय करें, थोड़ी नरमी बरतें। दरअसल वह व्यक्ति सज़ा के नहीं, दया के काबिल है।"

"क्या मतलब?"

"बेचारा बहुत अकेला पड़ गया है।"

"वो कैसे?"

"ही इज इमोशनली फ्रस्ट्रेटेड। बौद्धिक मैत्री के लिए तरस गया है बेचारा। तभी शायद आपसे अनायास ही जुड़ गया था।"

"पत्नी क्या एकदम अनपढ़ है?"

"नहीं तो, शादी के समय शायद इंटर पास थी। तब इतने प्यारे-प्यारे खत लिखती थी। होस्टल में उनकी धूम थी। शादी की बात तो वह छिपा जाता

था, पर पत्र नहीं छिपा पाता था। हम दो-चार लोगों को छोड़कर सब यही समझते थे कि कुमार की कोई प्रेमिका है और सब उससे ईर्ष्या करते थे।"

"और अब?"

"अब तो कुमार पर तरस आता है। उसकी पत्नी को देखकर हैरानी होती है। पता नहीं उसका सारा माधुर्य किसने सोख लिया है। कुमार में जितना आभिजात्य है, वह उतनी ही फूहड़, गँवार और कर्कशा है।"

"पर वे अभी भी एक-दूसरे को चाहते तो हैं।" वन्दना ने सूखी हँसी हँसकर कहा। फिर गंभीर होकर बोली, "डॉक्टर! कुमार की पत्नी आज अपना सब पढ़ा-लिखा भूल गयी है। उसके स्वभाव की मिठास कहीं बिला गयी है तो इसमें दोष किसका है? उस दिन आप ही बता रहे थे कि यह हादसा उनके यहाँ पहली बार नहीं हुआ है। आप ही बताइए, जो औरत मन से, शरीर से इतना टूट गयी हो, वह सौम्य और सुन्दर कैसे बनी रहे? सुरुचि-सम्पन्न होने के लिए भी साधन चाहिए, समय और सुविधा चाहिए। अपने साथी का सहयोग और सहानुभूति चाहिए। आपके दोस्त ने उन्हें क्या दिया? वे तो उन्हें ससुराल की खुली जेल में छोड़कर निश्‍चिंत हो गये। यमराज दरवाजे पर दस्तक न देते तो शायद वे कभी भी शहर का मुँह नहीं देख पातीं। वह औरत पति की महती आकांक्षाओं के लिए शहीद होती रही और शहादत का तमगा ये लटकाए घूम रहे हैं।"

पता नहीं कितनी देर तक उफनती रही वन्दना, फिर भी उसका मन नहीं भरा। लौटते समय भी उसका मन आक्रोश से लबालब था। यह तो अच्छा हुआ कि सक्सेना के अनुरोध पर उसने आज कुमार से मिलना स्थगित कर दिया था, नहीं तो शायद वह इस बमबारी को नहीं झेल पाता—सचमुच शहीद हो जाता।

फिर भी उसने तय कर लिया था कि जब भी कुमार से सामना होगा, वह उसे खरी-खरी सुनाएगी। कहेगी, 'जनाब, हम बीसवीं सदी के अंतिम छोर पर खड़े हैं। तुम कोई मध्ययुगीन सामन्त नहीं हो कि रानियों की एक फौज पाल लोगे। एक जो तुम्हारे लिए वारिस पैदा करे, एक जो तुम्हारा मनोरंजन करे और एक जो तुम्हें राजकाज में मदद दे। और आज की नारी तो इतनी सक्षम है कि वह एक साथ ये सारी भूमिकाएँ निभा सकती है। वह एक ही समय तुम्हारी गृहिणी भी हो सकती है, सखी भी और सचिव भी। पर उसे मौका तो दो।'

आवारा बादल

आई! गोविन्दा आला रे...!"

वह दरवाजे में जाकर खड़ा ही हुआ था कि शालू जोर से चिल्लाई। जैसे गोविन्दा नहीं, कोई डाकू आ गया हो।

देशपांडे काकी शायद कपड़े धो रही थीं। गीली कमीज निचोड़ते हुए ही बाहर आ गयीं और रूखे स्वर में पूछा, "क्या है रे गोविन्द?"

"अविनाश को भेज दीजिए।"

"अवि तो चला गया।"

"कहाँ?"

"स्कूल।"

"इतनी जल्दी कैसे चला गया?"

"अब मेरे कू क्या मालूम! जल्दी आने की बोला होगा।"

"लेकिन," गोविन्द जिरह करने को था कि ऊपर से कपूर आंटी चिल्लाईं, "आप भी बहनजी, सुबह-सुबह किसके मुँह लग रही हैं?"

"मोटी अम्माँ!" गोविन्द बुदबुदाया और दाँत पीस लिए। इस नाटक के बाद वहाँ पल-भर भी खड़े रहने का मन नहीं हुआ। जरूरत भी नहीं थी।

कॉलोनी की बाहरवाली सड़क पर पहुँचा ही था कि पीछे से आवाज आयी, "गोविन्द! गोविन्द भैया!"

उसने मुड़कर देखा—अविनाश दौड़ा चला जा रहा था। वह रुक गया।

"कहाँ से आ रहे हो?"

"घर से।" उसने हाँफते हुए जवाब दिया।

"तो तुम घर पर ही थे?"

"हाँ! आई के डर से बोला नहीं था।"

गोविन्द चुप हो गया। अब तो उसे आदत-सी हो गयी है। न इन बातों का बुरा लगता है, न गुस्सा आता है। उसे मालूम है कि मोहल्ले की सभी मम्मियाँ अपने छौनों को उसकी छाया से बचाकर रखना चाहती हैं। पर वह

यह भी जानता है कि माँएँ चाहे कुछ कहें, लड़कों में उसकी एक धाक है। पता नहीं वे उससे डरते हैं या प्यार करते हैं। पर हाँ, उसका अपमान कोई नहीं करता। सब उसकी कृपादृष्टि चाहते हैं। तभी तो वह उनकी मम्मियों की पिनपिन की परवाह नहीं करता।

कई बार तो बच्चों की मम्मियाँ भी उसकी कृपाकांक्षी बन जाती हैं। अभी दो साल पहले तक कपूर आंटी कितना मस्का लगाया करती थीं, "बेटे, जरा संतोष का ध्यान रखना।" पर पिछले वर्ष संतोष को पिलानी में एडमिशन मिल गया और बस, उसकी जरूरत खत्म हो गयी। वह भी अब गोविन्द को आवारा कहनेवालों में शामिल हो गयी है।

"चल जरा पप्पू के यहाँ होते हुए चलते हैं।"

"क्यों?"

"अरे बाबा," उसने कहा था–"तुम नहीं जाओगे तो माँ भेजेगी नहीं!"

पप्पू यानी कि प्रवीण, प्रवीण मेहता। गोरा-चिट्टा, नाजुक-सा, शर्मीला-सा लड़का। इसी साल वे लोग नागपुर से ट्रांसफर होकर आये हैं। प्रवीण इकलौता लड़का है। आंटी उसे जरा भी आँखों से ओझल नहीं करना चाहतीं। बड़ी मजबूती में स्कूल भेजती हैं। इसीलिए इस घर में गोविन्द की बड़ी आवभगत होती है। प्रवीण एक तरह से गोविन्द की कस्टडी में ही स्कूल जाता-आता है।

माँ-बाप के इस अत्यधिक लाड़-प्यार के कारण ही स्कूल में उसे 'पप्पू' नाम मिला हुआ है, जिसे बेचारा चुपचाप झेलता रहता है।

वहाँ जाकर देखा, ऐसी तैयारी हो रही थी जैसे दस-बीस दिन के लिए बाहर जाना हो। वाटर-बॉटल, गिलास, नेपकिन, साबुन, पीपरमिंट की गोलियाँ, सारिडॉन, बाम...पल-पल पर आंटी को याद आ रहा था और वे सामान का अम्बार लगाये जा रही थीं, पूरा हैंडबैग भर गया था।

दोस्तों को देखते ही प्रवीण ने राहत की साँस ली और एकदम उठ खड़ा हुआ, "अब रेवा दो बा।"

इसके उत्तर में मेहता आंटी ने स्टील का एक भारी-भरकम टिफिन कैरियर सामने लाकर रख दिया।

"यह क्या?" तीनों ने एकसाथ पूछा।

"नाश्ता!"

"लेकिन आंटी," गोविन्द बोला, "खाने का इन्तज़ाम स्कूल वालों की तरफ से ही है। वहीं पर दाल-बाटी बनेगी। हम लोगों से पाँच-पाँच रुपये

इसी के तो लिये गये हैं।"

"अरे बाबा, खाना दो बजे के पहले नईं मिलने का। तब तक पेट में डालने के वास्ते कुछ होना माँगता कि नहीं?"

"इतना?"

प्रवीण ने याचना-भरी दृष्टि से गोविन्द को देखा। गोविन्द तुरन्त पैंतरा बदलकर बोला, "आंटी, इतना बड़ा टिफिन प्रवीण कहाँ-कहाँ लादे फिरेगा? खोने का डर अलग। अच्छा तो आप ऐसा कीजिए, प्लास्टिक की थैलियों में डालकर दे दीजिए।"

"मैंने भी ऐसा ही किया है।" अविनाश ने अपना बैग खोलकर चकली और खुरमे के पैकेट्स दिखाये।

फिर सारा सामान प्लास्टिक की थैलियों में डाला गया। मेहता आंटी बराबर हिदायत देती रहीं, कि कौन-सी चीज जाते ही खानी है। कौन-सी शाम को खानी है। किस चीज के साथ कौन-सा अचार लेना है। किस चीज में मिर्च ज्यादा हैं, किसमें नमक जरा कम हो गया है।

सारा तामझाम उठाकर वे सड़क पर चले आये—तब तक उनके निर्देश जारी ही थे। वे जब तक मुड़कर आँख से ओझल नहीं हो गये वे बराबर दरवाजे में ही खड़ी रहीं।

घर से दूर होते ही प्रवीण ने छुटकारे की साँस लेते हुए कहा, "इकलौता लड़का होना भी एक मुसीबत है, यार!"

"यह कहो कि मज़े हैं।"

"यह मज़े देखो," प्रवीण ने जेब से एक पैकेट निकालकर दिखाया, छोटी-सी बैंडेज सहित फर्स्ट-एड का पूरा सामान था।

"आंटी को शायद पिछली बात याद आ गयी होगी।"

"अरे ऐसी बातें वे भूलती ही कब हैं?" प्रवीण ने कहा।

बेचारा! पिछले महीने स्पोर्ट्स मीट हुई थी। उन लोगों का स्कूल 'टग ऑफ वार' में जीत गया था। पर उस रस्साकशी में प्रवीण के हाथ बुरी तरह छिल गये थे। उसके लड़कियों के-से हाथों को लेकर साथियों ने बहुत मज़ाक बनाया था।

उस छींटाकशी को तो वह दिलेरी के साथ सह गया था, पर घर पहुँचते ही माँ ने जो हायतौबा मचाई थी, उससे तो वह शर्म से गड़ गया था। उसके बाद आठ दिन तक घर में बन्द होकर रहना पड़ा था। इन्फेक्शन के डर से

दोस्तों को भी बाहर से ही विदा कर दिया जाता।

"गोविन्द भैया!" अविनाश ने चकली का पैकेट निकालते हुए कहा, "एक-एक पैकेट खाली करते चलें। थोड़ा बोझ हल्का हो जाएगा।"

"तुम लोग खाओ, मैं घर से नाश्ता करके चला हूँ। अभी भूख नहीं है।" उसने रुखाई से कहा और थोड़ा आगे बढ़कर चलने लगा, जिससे उन्हें संकोच न हो।

दरअसल उसे झेंप लग रही थी। वह एकदम खाली हाथ चला आया था। माँ से कहा होता तो वे इतनी सुबह भी कितना कुछ बना देतीं। पर कहने का मन नहीं हुआ। न किसी ने उससे कुछ पूछा। आजकल घर का यही रवैया हो गया है। वह कहाँ जाता है, क्यों जाता है, कोई नहीं पूछता। वह जितनी भी देर से लौटे, कोई कुछ नहीं कहता। पहले पापा जरूर थोड़ी डाँट-डपट कर दिया करते थे, पर अब जैसे उन्होंने भी स्वीकार कर लिया है कि घर गोविन्द के लिए सिर्फ खाने और सोने की जगह भर है। इसीलिए उन्होंने भी चुप्पी साध ली है।

केवल झेंप का ही सवाल होता तो चकली का आकर्षण उससे बहुत प्रबल था। पर आज सुबह के प्रसंग के बाद उसे देशपांडे काकी से और उनकी बनायी चीजों से वितृष्णा हो गयी थी। यही काकी किसी समय उसको कितना लाड़ किया करती थीं। उन दिनों अविनाश का बड़ा भाई अरविन्द उसके साथ पढ़ता और गोविन्द का अधिकांश समय उसी परिवार के साथ गुजरता था।

पर गोविन्द वहीं का वहीं रह गया और अरविन्द आगे बढ़ता चला गया। अब तो वह मेडिकल में पहुँच गया है। कभी रास्ते में टकराता है तो बात करते भी जैसे उसे शरम आती है। उस घर से नाता एक तरह से टूट ही गया था। पर अविनाश इस साल उसकी कक्षा में आ गया तो लगा था कि पुराने धागे फिर से जुड़ जाएंगे। लेकिन जब उसके आसपास का सब कुछ बदल गया है तो देशपांडे परिवार ही कैसे अछूता रह जाता?

जिस समय वे लोग पहुँचे, स्कूल के अहाते में बस एकदम तैयार खड़ी थी। लड़के रोज चाहे लेट आते रहे हों, पिकनिक पार्टियों में तो समय से ही पहुँच जाते हैं। देर से पहुँचने वालों में बस वे ही लोग थे और इसके लिए प्रवीण अपनी माँ को लगातार कोसे जा रहा था।

ठीक साढ़े सात बजे बस रवाना हुई और गाते-बजाते हुए वे लोग साढ़े

नौ बजे डैम पर पहुँच भी गये। जैसा कि पहले से तय था, पहुँचते ही बच्चों ने फटाफट कपड़े उतारे और पानी में छलाँग लगा दी।

गोविन्द अव्वल दर्जे का तैराक था। वहाँ किनारे के पास डुबकियाँ लगाने भर से उसका मन नहीं भरा। लोगों के मना करने के बावजूद वह जलाशय का पूरा चक्कर लगा आया। फिर वह तरह-तरह के स्ट्रोक्स से किनारे पर खड़े लोगों का मनोरंजन करने लगा। खेलों का बादशाह था गोविन्द। चाहे वह कबड्डी हो या बॉस्केट बॉल, स्लो सायकिलिंग हो या वाटरपोलो—वह हमेशा सब पर भारी पड़ता था। इसीलिए हर स्कूल में वह लोकप्रिय भी हो जाता था।

काफी करतब दिखाने के बाद जब कुछ थकान-सी महसूस हुई तो वह किनारे की ओर लौटने लगा। तभी बायीं ओर शोर-सा सुनाई पड़ा। एक-साथ कई स्वरों में 'बचाओ, बचाओ' सुनकर वह भी हाथ मारता हुआ उस ओर बढ़ गया। कोई छात्र डूब रहा था। मदन जैन और सुनील गुप्ता बारी-बारी से डुबकी लगा चुके थे, पर डूबने वाले की थाह न पाकर ऊपर आ गये थे।

"गोविन्द सँभल के," उन्होंने गोविन्द को सावधान किया पर तब तक वह पानी में धँस चुका था। सौभाग्य से लड़के का पैर ही उसकी पकड़ में आया। उसने मज़बूती से उसे थाम लिया और अपना सारा कौशल और शक्ति दाँव पर लगाकर उसे पानी की सतह पर ले आया। पानी के ऊपर तैरते संज्ञाहीन साथी को अब उसने पहचाना, अविनाश था।

जब और लोग प्रथमोपचार में व्यस्त हो गये, वह लस्त-पस्त दूर जाकर लेट गया। उसे अविनाश पर बेहद गुस्सा आ रहा था। कमबख्त इसी को डूबना था। अभी कुछ हो जाता तो? उसे काकी का क्रोध से तमतमाता चेहरा याद आया और वह बेवजह काँप उठा।

"गोविन्द, कपड़े पहन लो। ठंड खा जाओगे।" उसने चौंककर देखा—उसके कपड़े और तौलिया लेकर प्रवीण उसके सामने खड़ा है।

कपड़े पहनते हुए उसने लक्ष्य किया, प्रवीण बराबर उसे देखे जा रहा है।

"क्या है रे?"

"देखो, बा को यह सब नहीं बताओगे।" उसके स्वर में याचना थी। उसे वे सारी हिदायतें याद आ गयीं जो चलते समय आंटी ने दी थीं।

"माँएँ डरती हैं तो गलत थोड़े ही है। देख न, कभी-कभी ऐसा भी तो हो जाता है?"

"फिर भी।"

"अच्छा, नहीं कहूँगा बस।" उसने प्रवीण की पीठ थमथपा दी। वह आश्वस्त हो गया।

पिकनिक का सारा मूड हवा हो गया था। फिर भी जो खाना बन गया था, उसके साथ न्याय तो करना ही था? तब यह हुआ कि अविनाश को शहर भेज दिया जाए, ताकि उसका इलाज ठीक से हो सके। डाक बंगले में रुके हुए अफसर महोदय ने सहृदयता का परिचय दिया और अपनी जीप मय ड्राइवर के साथ दे दी।

दो टीचर्स, गोविन्द और एक और छात्र मरीज को गोद में लेकर पीछे की तरफ बैठ गये। जीप शहर की ओर दौड़ने लगी। घटना से सभी लोग इतने स्तब्ध थे कि पूरे रास्ते कोई कुछ नहीं बोला, अभी चार घण्टे पहले इसी रास्ते से वे लोग कैसी मस्ती के आलम से गुज़रे थे और अब?

शहर की सीमा में प्रवेश करते ही गोविन्द ने कहा, "पहले इसके घर खबर कर देते, सर! वे लोग भी अस्पताल चले चलते।"

बात सबको जँच गयी। बतौर गाइड गोविन्द सामनेवाली सीट पर जाकर बैठ गया। कुछ ही मिनटों में गाड़ी देशपांडे साहब के घर के सामने खड़ी थी।

हॉर्न सुनते ही काकी दौड़ी आयीं। जैसे ही गोविन्द ने उन्हें सारी बात बतायी, वे एकदम चीख पड़ीं, "मैं पहले इच कहती थी, गाविन्द के साथ मत जा। बोलती थी, पर उसकू तो ये इच दोस्त मिला है, पूरे स्कूल में!"

"बहनजी," पाटिल सर पता नहीं कब उतर आये थे। गंभीर स्वर में बोले, "आपका लड़का बीमार है। पीछे गाड़ी में लेटा है। आप चाहें तो हमारे साथ अस्पताल चलिए, और एक बात याद रखिए। आज गोविन्द नहीं होता तो आपका लड़का घर वापस नहीं आता।

काकी एकदम अवाक देखती रह गयीं। उनकी आँखें छलछला आयीं। इसके बाद जो नाटक होता, वह गोविन्द की बर्दाश्त से बाहर था।

"सर," उसने कहा, "मैं बहुत थक गया हूँ। घर जाऊँगा।"

और उनकी अनुमति की राह देखे बिना वह घर की ओर मुड़ गया।

घर एकदम सुनसान था।

रविवार की दोपहर तो पापा ने दासगुप्ता अंकल और शतरंज के नाम कर रखी है। उनके घर पर रहने का सवाल ही नहीं उठता। लगता है सीमा भी पड़ोस में टी॰ वी॰ देखने निकल गयी है। मिलिन्द भी कहीं क्रिकेट खेलने निकल गया होगा। हर रविवार को उनकी टीम अड़ोस-पड़ोस की टीमों से

मैच खेलती है और पचास-पचपन पर आउट होकर लौटती है।

उढ़के हुए दरवाजे को ठेलकर भीतर गया तो सामने की दीवारघड़ी पर नजर पड़ गयी। डेढ़ बज रहा था। उसे याद आया कि एक कप चाय के सिवाय उसने सुबह से कुछ नहीं लिया है और भूख से उसकी आँतें कुलबुला रही हैं। वह उसी तरह जूते बजाता हुआ रसोई के दरवाजे पर जा खड़ा हुआ।

माँ आँगन में धूप सेंकती हुई किसी का स्वेटर बुन रही थीं। आहट सुनकर भीतर आ गयीं। एक बार उन्होंने उसके धूल सने जूते देखे, गर्द भरे कपड़े और बिखरे बालों पर एक नजर डाली, फिर चुपचाप दरवाजा खोलकर किचन में चली गयीं। गैस जलाकर खाना गरम किया और थाली लगाकर मेज पर रख दी।

जब तक वह खाना खाता रहा, वह बुनाई के लिए पास ही कुर्सी पर बैठी रहीं। माँगने से पहले ही हर चीज उसकी थाली में पहुँचती रही। भूख का पहला आवेग समाप्त होने तक वह कचर-कचर खाता रहा। पर बाद में कमरे के उस निस्तब्ध वातावरण में उसे अपनी ही आवाज बड़ी भोंडी मालूम हुई। उसे याद आया, माँ को इस तरह आवाज करते हुए खाना जरा भी नहीं भाता। शुरू-शुरू में तो वे गोविन्द को हमेशा टोक दिया करती थीं। उस समय दादी यदि कहीं आसपास होतीं तो दहाड़ उठतीं, 'अब बच्चे को खा भी लेने दो मेमसाब! कायदे-कानून बाद में सिखाना।'

माँ बेचारी कटकर रह जातीं।

"माँ! हमें भी भूख लगी है। हमें भी खाना दो।" सीमा और मिलिन्द पता नहीं कहाँ से दौड़ते हुए एक साथ घर में दाखिल हुए।

"अरे-अरे! पहले जरा हाथ-पाँव धो लो। बाहर से आ रहे हो न!" माँ ने डपटा।

बच्चे उसी तरह शोर मचाते हुए बाथरूम में घुस गये।

गोविन्द ने एक नजर चुपके से अपने जूतों पर डाली, एकबारगी उसे ग्लानि हो आयी। पर दूसरे ही पल उसका विद्रोही मन फन निकालकर खड़ा हो गया—हुँह, अपने बच्चों को कैसी तहज़ीब सिखाई जा रही है! तीसरा कोई उजड्ड है तो हुआ करे।

उसकी भूख जैसे एकदम गायब हो गयी। थाली में आधी रोटी छोड़कर वह उठ गया। हाथ धोते हुए सुना, मिलिन्द कह रहा था, "भैया रोटी छोड़कर उठे हैं। उन्हें डाँटिये।"

"भैया बड़े हैं। उनकी बराबरी नहीं करते।" माँ ने हँसकर कहा।

'हमें क्यों डाँटेंगी?' अपने कमरे में जाते हुए वह बुदबुदाया, 'हम उनके कौन लगते हैं?'

उसका कमरा, यानी कि छत के सिरे पर बना हुआ छोटा-सा टीनशेड। गर्मियों में बिस्तर-पलंग आदि रखने के लिए बनवाया गया था। उसे अच्छी तरह ढाँप-ढूँपकर दो साल में गोविन्द ने उसी में डेरा डाल लिया है। कभी-कभी वह बेतरह गरम हो जाता है। पर एकान्त के लालच से गोविन्द उसे छोड़ता नहीं। पता नहीं क्यों इन दिनों उसे सबसे अलग-अलग रहना ही अच्छा लगता है।

सर में जैसे हथौड़े चल रहे थे। उसने एक रूमाल कसकर बाँधा और बिस्तर पर लेट गया। पर जरा-सी करवट लेते ही वह दर्द से कराह उठा। दाहिनी बाजू में बला का दर्द हो रहा था। तब जोश में पता नहीं चला था, पर अविनाश को बाहर निकालना, उसे बहुत भारी पड़ा था। पूरा शरीर कसक रहा था, पर हाथ तो पके फोड़े की तरह दुख रहा था। सर अलग फटा जा रहा था। खाली पेट धूप में जो घूमता रहा था।

माँ से कहेगा तो अभी अदरक डालकर चाय बना देंगी, सिर दबा देंगी, हाथ की मालिश कर देंगी, पर कहने का मन ही नहीं हुआ। खुद ही चुपचाप नीचे उतर आया। पापा की दवाई वाली सन्दूकची से एक एस्प्रो निकालकर निगल ली। फिर आयोडैक्स की शीशी लेकर वापस कमरे में आ गया।

आयोडैक्स मलता हुआ पुनः पलंग पर लेट गया। नीचे आँगन में माँ पुनः बुनाई लेकर बैठ गयी थीं। सीमा, मिलिन्द उनके अगल-बगल लेट गये थे और स्कूल की, दोस्तों की, टी॰ वी॰ की खबरें सुना रहे थे। पता नहीं कहने को कितनी सारी बातें उनके पास थीं। दोनों में जैसे होड़-सी लगी हुई थी। बीच-बीच में माँ की खनकती हँसी भी सुनाई दे जाती थी।

उसका मन हुआ, वह भी दौड़कर नीचे चला जाए और माँ की गोद में सर छुपाकर लेट जाए। सुबह से मन में सुलग रही सारी बातें बता दे। देशपांडे काकी और कपूर आंटी की शिकायत कर दे। माँ शान्ति से सुन भी लेंगी तो मन का बोझ हल्का हो जाएगा। उसकी दुखती बाँह को माँ छू देंगी तो दर्द भाग जाएगा।

लेकिन इसके लिए उसे माँ के पास जाना पड़ेगा। वे खुद उसके पास नहीं आएंगी। पता नहीं कब वे सारे रास्ते बन्द हो चुके हैं, जिनसे होकर माँ

उसके पास आया करती थीं। किसने बंद किये हैं?

उसे प्रवीण की विदाई याद आयी। देशपांडे काकी का बदहवास चेहरा याद आया। यहाँ ऐसी कोई हाय-तौबा नहीं मचती है। जब जहाँ जी चाहे चले आओ। जब मर्जी हो लौट आओ। कोई कुछ नहीं कहेगा। चौबीसों घंटे खाना तैयार मिलेगा। जैसे इससे आगे कोई रास्ता ही नहीं है।

इतनी ठंडी क्यों है माँ? और उसके साथ ही ऐसा क्यों है? सीमा-मिलिन्द के साथ तो ऐसा नहीं है। वे खाना नहीं खाते तो उनकी मनुहारें की जाती हैं, वे पढ़ने नहीं बैठते तो उन्हें डाँट पड़ती है, कोई काबिले-तारीफ काम कर देते हैं तो शाबाशी मिलती है, कोई गलती कर बैठते हैं तो कान भी खींचे जाते हैं।

फिर उसे ही अपने हाल पर क्यों छोड़ दिया गया है? आखिर क्यों?

माँ हमेशा से ऐसी नहीं थीं। नयी-नयी आई थीं तो उसे कितना प्यार करती थीं। दिन भर वह उनका पल्लू पकड़े पीछे-पीछे घूमता था। दो-चार बार उनके साथ पीहर भी हो आया था। वहाँ नये मामा-मौसी से, नाना-नानी से इतना लाड़-दुलार मिला कि वहीं रह जाने का मन होता था।

यूँ लाड़-प्यार की कमी उनके अपने घर में भी नहीं थी। माँ और दादी दोनों का भरपूर प्यार उस पर बरस रहा था। पर पता नहीं क्यों, दादी का प्यार अब कम हो चला था। माँ के पास ज्यादा अच्छा लगता था। दादी को इस बात पर बहुत ताव आता था। जिस-तिस से कहती फिरतीं, "पता नहीं, क्या टोना कर दिया है लड़के पर, उसी का होकर रह गया है। मेरे पास तो फटकता भी नहीं।"

पास-पड़ोसिनें हँसकर कहतीं, "अच्छा तो है माँजी। अब आपकी उमर कोई बच्चे पालने की रह गयी है! आप तो अब निश्ंचित होकर भजन-पूजन कीजिए।"

"अरे काहे की निश्ंचिती बिन्नी?" दादी कहतीं, "चार दिन की चांदनी है, बस।"

गोविन्द खुद बड़ा पसोपेश में रहता। उसकी नन्ही-सी जान हमेशा साँसत में रहती। दादी को नाराज करने का मन नहीं होता पर माँ का आकर्षण भी प्रबल था। जीवन में पहली बार इस मधुर महत्त्व का स्वाद पाया था—उसका मोह छूटता नहीं था।

माँ और दादी दोनों ही उस पर जान छिड़कती थीं। पर दोनों में एक बुनियादी फर्क था। दादी का प्यार एकदम मुक्त, निर्द्वन्द्व था। जबकि माँ

थोड़ा-सा अनुशासन चाहती थीं।

दादी तो सुबह बिस्तर में ही लड्डू या हलुए की कटोरी पकड़ा देती थीं। चाय तो जितनी बार घर में बनती, उसे मिलती ही थी।

माँ सबसे पहले मंजन करती थीं। इसके बाद दूध मिलता था। हाँ, दूध ही मिलता था। उसकी चाय की आदत उन्होंने बड़ी तरकीब से छुड़ा दी थी। कभी काला भुस्स हो जाने का डर दिखाया था, कभी महावीरजी जैसा बलवान बनने का लालच दिया था। उसने अपने आप चाय छोड़ दी थी। और दोनों वक्त दूध पीने लगा था।

रात में माँ प्यारी-प्यारी कहानियाँ सुनाती थीं। पर उनके लिए दिन में थोड़ी देर प्लेट लेकर बैठना होता था। उसके साथ वाले लड़के स्कूल जाने लगे थे। माँ का बस चलता तो उसे भी भेज देतीं। पर हाईकमान की मर्जी के आगे बेबस थीं। दादी अभी से, 'दुधमुँहे' बच्चे को जेलखाने में नहीं ठूँसना चाहती थीं।

माँ के आने से पहले वह घर में कम ही टिकता था। दादी के साथ मंदिरों की सैर करता था या महेश के साथ खेलने के लिए बुआ के यहाँ निकल जाता। अक्सर वह रोज ही शाम को रामू के कंधे पर चढ़कर बस-अड्डे का चक्कर लगा आता था। जब भी बाजार जाता, दादी रुपया-दो रुपया पकड़ा देती थीं।

माँ के आने के बाद भी रामू के साथ घूमना बदस्तूर जारी रहा, पर दादी अगर घर पर नहीं होतीं तो उसे खाली हाथ ही जाना पड़ता। दादी को पता चलता तो बहुत खफा हो जातीं। उनके सामने जब भी घूमने निकलता, वे पूछतीं, "पैसा-टका कछु दये हैं महतारी ने कि ऐसेई चले हो? फिर अपने बटुए से रुपया निकालकर पकड़ातीं और सबको सुनाकर कहतीं, "अरे छोटे लोगों के मौड़ा-मौड़ी भी चवन्नी-अठन्नी लेकर निकले हैं। और यहाँ देखो, किसी चीज पर लड़के का मन आ जाये तो?"

पर कई बार ऐसा होता कि लड़के का मन किसी चीज पर आता ही नहीं, दादी का रुपया वैसे ही वापस आ जाता। बाजार में भिन-भिन करती मक्खियाँ, खोमचेवालों के गन्दे हाथ, सड़क से उड़ती धूल, बीड़ी-सिगरेट का धुआँ, ये सारी चीजें जैसे गोविन्द ने पहली बार लक्ष्य की थीं। दादी बेहद नाराज होतीं, "मेमसाब, लड़के को एकदम अंग्रेज बनाए दे रही हैं। दो घड़ी मन बहला आता था बेचारा, अब वह भी छूट गया।"

इन सब चीजों के छूट जाने का गोविन्द को जरा भी मलाल नहीं था। उनसे अच्छी चीजें रोज घर में बन रही थीं, पर दादी को जैसे विश्वास ही नहीं होता था।

वह भी सर्दियों की ऐसी ही एक गुनगुनी दोपहर थी।

इसी आँगन में दादी अपने बड़े-से पलंग पर लेटी थीं और श्यामा खवासन उनके पैरों में नारायण तेल की मालिश कर रही थी। उसकी तीखी गंध से घबराकर माँ ने अपनी कुर्सी दूर चमेली के नीचे लगा ली थी। वहीं बैठकर वे गोविन्द के लिए तीन रंगों वाला स्वेटर बुन रही थीं।

दादी का यह पलंग गोविन्द को बड़ा प्रिय था। इस पर बस का खेल बहुत अच्छा जमता था। रामू के साथ रोज बस अड्डे की सैर करके वह इस हुनर में पारंगत हो गया था। उन दिनों बस ड्राइवर उसकी कल्पना का सबसे आदर्श पुरुष हुआ करता था। जब भी कोई पूछता, "गोविन्द, बड़े होकर क्या करोगे?" वह झट से जवाब देता, "बस चलाऊँगा।" तब नहीं पता था कि वह अपने मुँह से अपनी ही भविष्यवाणी कर रहा है।

दादी उसकी परमानेण्ट पैसेंजर थीं। कभी माँ और कभी महरी को भी वह जबरदस्ती अपनी गाड़ी में बिठा लेता था। पर श्यामा उसे सबसे अच्छी लगती थी। आँखें मटकाकर ऐसी लच्छेदार बातें करती कि बस! हमेशा उसे 'डिलेवर बाबू' कहकर बुलातीं। कभी नाम नहीं लेतीं।

उस दिन भी श्यामा को देखकर वह मूड में आ गया था। पहले तो उसने मुसाफिरों को टिकट बाँटे, फिर बचे हुए कागज की बीड़ी बनाकर कान पर रख ली। दादी और श्यामा उसकी अदा पर मुस्करा दीं। इससे उसका उत्साह बढ़ गया। माँ की नजर बचाकर उसने बीड़ी का एक भरपूर कश लिया, वे दोनों खिलखिलाकर हँस पड़ीं। वह काल्पनिक धुएँ के छल्ले बनाने लगा, वे हँस-हँस कर लोटपोट हो गयीं। शोर सुनकर माँ ने आँख उठाकर देखा। उसने तुरन्त बीड़ी फेंक दी और वह गाड़ी स्टार्ट करने लगा। पर गाड़ी किसी जिद्दी बच्चे की तरह अड़कर बैठ गयी थी। किसी तरह स्टार्ट ही नहीं हो रही थी।

"स्साली तेरी...," उसके मुँह से यह भारी-भरकम गाली सुनकर श्यामा तो हँसी से दोहरी हो गयी। हँसते-हँसते दादी के गले में फंदा पड़ गया। उन्हें और खुश करने के लिए उसी वजन की एक और गाली निकालने जा रहा था कि 'तड़ाक...' मेंहदी-भरे हाथों का एक तमाचा उसके गाल पर पड़ा।

यह सब कुछ इतना अप्रत्याशित था कि सब के सब अवाक् रह गये। वह तो रोना ही भूल गया।

पल-भर को एक भीषण स्तब्धता छा गयी। पर दूसरे ही क्षण दादी ज्वालामुखी की तरह फट पड़ीं, "डायन! मेरे लड़के पर हाथ उठाया तूने! कल की घर में आयी, अपने को राजरानी समझने लगी। समझ क्या रखा है? क्या उसके सिर पर कोई नहीं है, जो तू यूँ हुकुम चला रही है? अरे, उसकी माँ मर गयी तो क्या हुआ, अभी उसकी दादी बैठी है। खबरदार जो उसकी तरफ आँख उठाकर भी देखा।"

दादी धुआँधार बोलती चली गयीं। माँ की अगली-पिछली सातों पीढ़ियों को उन्होंने तार दिया। शोर सुनकर मोहल्ला इकट्ठा हो गया। पास-पड़ोस की औरतें छह महीने से इसी शुभ घड़ी का इन्तजार कर रही थीं। फौरन दौड़ी चली आयीं।

उन सबके बीच माँ पत्थर की मूर्ति बनी खड़ी रह गयी थीं। उन्होंने उसके बाद कभी उस पर हाथ नहीं उठाया।

पर वह सारा प्रसंग उसके अवचेतन में ऐसी दहशत भर गया था कि फिर कभी उसके मुँह से गाली नहीं निकली।

"हाय रे, बिना माँ का बच्चा!" कहती हुई सब औरतें उस दिन अपने घर लौट गयी थीं। यह 'बिना माँ' वाला विशेषण हमेशा उसके लिए ढाल की तरह काम आया।

दादी ने पुनः उसे अपने आँचल में ले लिया था। जब उन्होंने मुनासिब समझा, उसे स्कूल भेजा गया। वहाँ पहली तिमाही परीक्षा की रिपोर्ट इतनी निराशाजनक रही कि उसके लिए ट्यूटर रखना पड़ा। पर विद्यार्थी अपने गुरु से उतना नहीं डरता था, जितना गुरु छात्र की दादी से। वे वहाँ दरवाजे के बाहर कान लगाये बैठी रहतीं। ट्यूटर की आवाज जरा ऊँची हुई कि जवाब तलब करने पहुँच जातीं।

ऐसे में प्रगति क्या होती, खाक? पापा दबी जुबान से कुछ कहने जाते तो दादी डपट देतीं, "अब रहने भी दे। तू भी बहुरिया के कहने में चले है। क्या आज ही लड़के को कहीं कमाई करने जाना है? अपनी उमिर पे आप पढ़ लेगा।"

दादी का यह फौजी कानून घर तक ही सीमित नहीं था। वे स्कूल में भी

जा धमकतीं। वहाँ अगर रोबदाब से दाल नहीं गलती तो चिरौरी करने लगतीं, "बिना माँ का लड़का है मास्टरनी जी! जरा सँभाल लेना।"

बिना माँ का लड़का होना उसे हर जगह रियायत दिलाता रहा। स्कूल लेट पहुँचता या होमवर्क छूट जाता तो टीचर्स अनदेखा कर जाते। एकाध बार यूनिफॉर्म में न भी गया तो उसे सजा नहीं मिलती थी।

कॉलोनी में भी वह सबकी सहानुभूति का पात्र था। आपस की लड़ाई में अगर उसकी गलती होती भी थी तो पास-पड़ोस वाले उससे कुछ नहीं कहते थे, अपने ही बच्चों को डाँट देते थे। कभी किसी के यहाँ अच्छी-सी चीज बनती थी तो उसके लिए जरूर निकालकर रखी जाती थी। कपूर आंटी ने एक बार उसे एक पुलोवर बना दिया था। गुप्ता आंटी अक्सर ही उसका होमवर्क करवा देती थीं।

"बेचारा," सब कहतीं। उस सहानुभूति में करुणा कितनी होती थी, कौतूहल कितना, वह तब समझ नहीं पाता था।

ग्यारह वर्ष तक वह घर में राजा बना रहा। जब तक दादी की छत्र-छाया में रही, किसी ने उसे छूने का भी साहस नहीं किया। पर एक रात दादी जो सोईं तो सुबह उठी ही नहीं। सब हक्के-बक्के रह गये। गोविन्द तो एकदम जड़ हो गया। अपनी माँ उसे याद नहीं थी। मात्र तीन महीने का छोड़कर स्वर्ग सिधार गयी थी। दादी की गोद में पलकर ही वह इतना बड़ा हुआ था। दादी ही उसकी दुनिया थीं।

अपनी दुनिया को इस तरह उजड़ते देखकर उसे धक्का-सा लगा। उसका नन्हा-सा दिल इस सदमे को सह नहीं सका। पर वह क्या करता? कोई भी तो नहीं था, जिसकी गोद में सर छुपाकर वह रो लेता! जिसके स्नेहिल स्पर्श से वह आश्वस्त हो लेता।

वह एकदम अकेला पड़ गया–स्कूल में, घर पर, सभी जगह। और उसके बाद सब कुछ गड़बड़ होता चला गया। पढ़ने में वह बहुत तेज कभी भी नहीं रहा। अब फेल होने का सिलसिला भी शुरू हो गया।

उसके साथ के लड़के कॉलेज में पहुँच गये हैं। जो आगे नहीं पढ़ पाये वे बाप के बिजनेस में हाथ बँटा रहे हैं। पर गोविन्द वहीं का वहीं है। 18 साल की उम्र में ग्यारहवीं कक्षा का विद्यार्थी है। क्लास की जगह वह स्कूल ही बदलता रहा है।

"गोविन्द!"

वह अलसाया-सा लेटा था। चौंककर उठ बैठा। दरवाजे पर माँ खड़ी थीं।

वह प्रश्नार्थक मुद्रा लिए अगले वाक्य की प्रतीक्षा में बैठा रहा। वे भी कुछ कहने को हुईं, फिर रुककर कुछ सूँघने लगीं।

"आयोडैक्स की गंध आ रही है।"

"मैंने लगाया है।"

"क्यों?"

"हाथ में दर्द हो रहा था।"

"कैसे?"

"साइकिल से गिर गया था।"

"अरे! देखूँ तो", कहकर माँ जैसे ही आगे बढ़ीं वह छिटककर दूर जा खड़ा हुआ।

"नहीं, ऐसा खास कुछ नहीं है।"

उसने कुछ इतनी सख्ती से कहा कि माँ उसकी अनिच्छा को जान गयीं।

"सँभालकर चलाया कर जरा। आजकल सड़कों पर इतनी भीड़ होती है कि डर लगता है।" माँ ने कहा और लौट पड़ीं।

गोविन्द ने राहत की साँस ली। दरअसल वह इस समय मन की ऐसी तरल अवस्था में था कि माँ छू भी देतीं तो वह भरभराकर रो पड़ता और यही वह नहीं चाहता था।

माँ सीढ़ियों तक पहुँच चुकी थीं और तब उसे ख्याल आया, वे बेवजह उसके कमरे तक कभी नहीं आती थीं। कोई भी नहीं आता था।

वह लम्बे-लम्बे डग भरता हुआ उनके पास पहुँचा। "कुछ काम था?" उसने पूछा और तभी माँ के हाथ में टँगे झोले पर उसकी नजर पड़ी, "कुछ लाना है क्या?"

"लाना तो था।" माँ ने असहाय स्वर में कहा, "पर तेरा हाथ..."

"कहा तो, ऐसा खास कुछ नहीं है। क्या लाना है?"

"अरे आज मिलिन्द की वर्षगाँठ है न! बंगाली मिठाई ही चाहिए। तेरे पापा पता नहीं कब लौटेंगे। आते ही उन्हें झोला पकड़ा दिया तो तेरी बुआजी मुझे दस बातें सुनायेंगी।"

"समझ गया।" उसने कहा और झोला लेकर फौरन सीढ़ियाँ उतर गया।

तो आज बुआजी आ रही हैं! फूफाजी और महेश भी आयेंगे! जीवन में अगर उसे किसी से सख्त नफरत है तो बुआजी से। पता नहीं क्यों बुआजी

का महेश उससे ठीक दो महीने बाद ही इस दुनिया में आया है और तब से किसी दुष्ट ग्रह की तरह उसके पीछे पड़ा हुआ है।

पता नहीं किस कुघड़ी में दोनों ने एकसाथ एक ही स्कूल में दाखिला ले लिया। तब से जैसे बुआजी ने दोनों के तुलनात्मक अध्ययन का बीड़ा उठा लिया है। कहना न होगा कि महेश का पलड़ा हमेशा भारी रहा। अब तो खैर वह बी॰ कॉम॰ कर चुका है। बुआजी को यही मलाल है कि वह कम्पीटीशन में नहीं बैठ सकता।

मिलिन्द की तरह गोविन्द का जन्मदिन भी बड़ी धूमधाम से मनाया जाता था। पर दो-तीन साल से उसने मना कर रखा है। अगर घर पर कुछ आयोजन होता भी है तो वह बाहर निकल जाता है। इसलिए अब उसके लिए नये कपड़े सिलवाकर ही माँ-पापा सन्तुष्ट हो लेते हैं।

बचपन में जिस दिन की उसे बेहद प्रतीक्षा रहती थी, वही दिन अब उसे सालने लगा है। संगी-साथी सब इधर-उधर हो गये हैं। दूसरे, घर में छोटा-सा भी समारोह हो तो बुआजी को टाला नहीं जा सकता। पापा की एक ही तो बहन है और वह भी शहर में। बुआजी जब भी आती हैं उनका महेश-पुराण शुरू हो जाता है। उसे सुनकर गोविन्द का खून खौलने लगता है।

वह तो आज भी जाते ही माँ से कह देगा कि जो भी बना है, मुझे परोस दो। उसे खास भूख भी नहीं है। पर जानता है कि तीज-त्यौहार या ऐसे मौकों पर माँ उसके लिए खाना लिये बैठी रहती हैं। वह बुआजी को ताने-उलाहने देने का कोई मौका नहीं देना चाहता था, इसलिए खाकर निकल जाएगा, फिर लौटने में चाहे कितनी ही देर हो जाये।

घर पहुँचते ही उसने जान लिया कि बुआजी का आगमन हो चुका है। उनकी बुलन्द आवाज सड़क तक आ रही थी। वे माँ से कह रही थीं, "भैया से कहूँगी, ये आयें तो खाने पर बात करें। भैया कहेंगे तो अच्छा लगेगा। कहीं न कहीं लगवा ही देंगे। इतनी जगह जान-पहचान है। न होगा कुछ दिन अपनी दुकान पर ही बिठा लेंगे।"

"उसकी पढ़ाई तो हो जाने दीजिये।"

"अरे पढ़ता ही होता तो क्या बात थी। अब महेश को पढ़ा ही रहे हैं कि नहीं। पर ये 18 पार करके 19वें में चल रहा है, अभी तक मैट्रिक से नहीं निकला। यूँही पैसे बिगाड़ने से फायदा? तुम्हारे और भी तो बच्चे हैं कि नहीं?"

बस हो गयीं शुरू। गोविन्द का मन हुआ, कसकर उनका मुँह बन्द कर

दे। आवाज और लहजा एकदम दादी का पाया है। गरजती थीं तो पूरे मोहल्ले को गुँजा कर रख देतीं। कलेजा छलनी करके रख देतीं।

और मैं फूफाजी की दुकान पर बैठूँगा? थू, इससे तो फरीद के वर्कशॉप में ही चला जाऊँ तो क्या बुरा है? बेचारा कितनी बार कह चुका है। एक-एक करके सारे हुनर सिखाता जा रहा है। सच! उसकी-सी हिम्मत होनी चाहिए। दो बार फेल हुआ और स्कूल से राम-राम कर ली। अब धड़ल्ले से दुकान चल रही है।

करना ही होगा तो फरीद के साथ काम करूँगा। फूफाजी के साथ बैठकर साड़ियों की तह नहीं लगवाऊंगा।

"माँ!" उसने दरवाजे से ही आवाज दी, "ये सामान ले लो और जो भी बना हो मुझे परोस दो। रात लौटने में देर हो जायेगी।"

"बना तो अभी कुछ भी नहीं है। एक सब्जी भर बनी है। अच्छा ठहर, दो पूड़ी उतार देती हूँ। मिठाई तो तू लाया ही है।"

माँ रसोई की ओर मुड़ी ही थीं कि सीमा दौड़ी-दौड़ी आयी, "माँ, पता है, आज अवि भैया डूबते-डूबते बचे हैं।"

"अरे! कैसे?"

"सब लोग पिकनिक पर गये थे, बाँध पर! पता है, भैया ने उन्हें बाहर निकाला है।"

"गोविन्द!" माँ के स्वर में आश्चर्य था। आँखों में अभियोग। गोविन्द ने नजरें झुका लीं।

"ऐसी रिस्क लेते हैं कहीं?" माँ ने काँपते स्वर में कहा।

"कोई सामने डूब रहा हो तब भी?"

माँ चुप रही। गोविन्द को जैसे बहाना मिल गया।

"थोड़ी देर अवि के पास जाकर ही बैठूँगा। सुबह दर्द के कारण उसे वैसे ही छोड़कर चला आया था।"

"अच्छा, दो पूड़ी उतार देती हूँ, झटपट। आ जा।"

हाथ-मुँह धोकर कपड़े बदले। जेब टटोली, मुश्किल से पचास पैसे निकाले। कल से दस-बारह रुपये खर्च कर चुका है। आज जेब एकदम खाली थी। माँ को हिसाब देते समय ही बचा लेता तो ठीक था। माँ कुछ नहीं कहतीं। पर बुआजी के डर से पाई-पाई वापस कर दी। माँगने से अब भी माँ मना नहीं करेंगी, पर बुआजी के डर से ही फिर चुप रहा। चलो पचास पैसे

तो हैं। चाय के काम आ जाएंगे।

रसोई में आते हुए देखा, माँ की ड्रेसिंग टेबल पर पाउडर के डिब्बे के नीचे पाँच का नोट रखा हुआ है। उसने धीरे से उठाकर जेब में डाल लिया। माँ से बाद में कह देगा। ऐसा वह कई बार कर चुका है, माँ मना भी नहीं करतीं। कहती हैं, "बस, मुझे पता होना चाहिए।"

अपनी प्लेट लेकर वह रसोई में ही जम गया था। मुश्किल से दो कौर खा पाया होगा कि बुआजी की चीख सुनाई दी, "गोविन्द! यहाँ पाँच का नोट रखा था। तूने उठाया तो नहीं?"

वह भीतर तक काठ हो आया। फिर भी उसने गुर्राकर पूछा, "कौन-सा नोट?"

"अरे अभी तो ड्रेसिंग टेबल पर रखा था। माथुराईन के यहाँ जा रही थी। सोचा पोते को देख आऊँ। नोट रखकर बाथरूम तक क्या गयी, गायब हो गया।"

"क्या शोर है भई!" पापा को भी इसी समय आना था।

"अरे जगदीश! मेरा पाँच का नोट अभी यहाँ रखा था, अभी गायब हो गया।"

"बीबीजी!" माँ के सख्त स्वर से सभी चौंक उठे, "घर के बच्चे पर कैसा आरोप लगा रही हैं आप! मैंने उठाया था वह नोट, मैं ही रखकर भूल गयी हूँ। अभी लाकर देती हूँ। हाय-तौबा मत मचाइये।"

माँ झम्म से उठकर अंदर गयी। उनके उठते ही जैसे गोविन्द में चेतना लौटी। वह एकदम उठ खड़ा हुआ और हाथ धोने चला गया।

माँ दौड़ी-दौड़ी रसोई में आयी और चिल्ला पड़ीं, "ये लीजिए अपना नोट! और यह क्या, गोविन्द कहाँ गया?"

"खा चुका शायद।"

"खाया कहाँ, अभी तो शुरू किया था। देख लिया आपने, लड़का भूखे पेट थाली से उठ गया है। तोहमत लगाने से पहले इंसान को कुछ सोचना चाहिए। माना कि आपके बेटे जैसा होशियार नहीं है, पर इससे क्या वह चोर हो जाएगा?"

गोविन्द ने चुपके से साइकिल उठाई और बाहर निकल आया।

अब वह कभी माँ को अपना मुँह नहीं दिखा सकेगा।

वह एक बार उससे पूछ भी लेती तो वह भरा बैठा था, कुछ भी बोल

जाता। पर उससे बिना कुछ पूछे ही इस तरह ढाल बनकर तन जाना? उसका अपराध अपने सिर ओढ़ लेना? नहीं, अब वह कभी माँ के सामने खड़ा न हो सकेगा।

तीन-चार घंटे सड़कों पर घूमने के बाद वह स्टेशन चला आया। दरअसल उसका यहाँ आने का कोई इरादा नहीं था। वह तो अपने में इतना खोया हुआ था कि कोलाहल सुनने पर ही भान हुआ, वह कहाँ आ गया है। शायद कहीं भाग जाने की सुप्त इच्छा ही उसे यहाँ ले आयी थी।

स्टेशन पर आते ही उसे बुआजी पर ताव आने लगा। बला की कंजूस है। कहने को इतने बड़े आदमी हैं ये लोग, पर नियत के एकदम खोटे हैं। अब पूरा कुनबा खाना खाने आयेगा और जाते समय मिलिन्द को एक खिलौना या किताब पकड़ा जाएगा।

माथुर आंटी से इतनी पुरानी दोस्ती है बुआजी की, पर यह नहीं हुआ कि उनके पोते के लिए दस रुपये ही निकल आते। बस, एक पाँच का पत्ता अलग से निकालकर रख लिया, जिससे पर्स न ले जाना पड़े। दस का निकालतीं तो गोविन्द का ही कुछ काम बन जाता। चोरी भी लगी तो पाँच रुपल्ली के लिए। अब उसमें वह क्या-क्या कर ले? पचास पैसे तो साइकिल स्टैंड वाले न रख लिये।

थोड़ी देर वह प्लेटफॉर्म पर चहलकदमी करता रहा। स्टॉल्स पर रखी हुई मैगजीन्स को उलटा-पलटा, दीवार पर लगे 'विजिट इंडिया' वाले विज्ञापनों का जायज़ा लिया, मुसाफिरों में कुछ परिचित चेहरे ढूँढ़ने की चेष्टा की, पर जैसे ही मेल का सिग्नल हुआ, वह बाहर आ गया। उसके पास प्लेटफॉर्म टिकट नहीं था। कमबख्त वह भी तो अब एक रुपये का हो गया है!

स्टेशन के बाहरवाले बरामदे में ढेरों मुसाफिर सोये हुए थे। प्लेटफॉर्म पर बिना किसी साज-सामान के घूमते बड़ा संकोच हो रहा था। लगता था, हर कोई उसे संदेह की दृष्टि से देख रहा है। यहाँ उसके जैसे कई थे।

जनवरी की ठंडी रात, उसे कँपकँपी छूट रही थी। उसे अपना गर्म बिस्तर याद आ रहा था। सोंधी अदरक वाली चाय याद आ रही थी। भूख से आँतें कुलबुला रही थीं सो अलग। जेब में साढ़े चार रुपये थे, जिन्हें उसने सूम के धन की तरह सहेज रखा था। अब उसके भविष्य का पूरा दारोमदार उन्हीं रुपयों पर है। उन्हें कैसे खर्च कर दे?

अपने को पुलोवर में अच्छी तरह समेटकर वह दीवार के सहारे बैठ

गया। सुबह देखेंगे, उसने सोचा। फिर सोचा, यह रात उसकी आखिरी रात बन जाये। सुबह का सवाल ही न उठे तो कितना अच्छा हो! वैसे कोई आश्चर्य भी नहीं कि यह ओस भीगी ठंडी रात उसे हमेशा के लिए ठंडा कर दे। वह अक्सर अखबार में ऐसे समाचार पढ़ता भी तो है। उसे लगा, यूँ ही पागलों की तरह लोग नदी में छलाँग लगा देते हैं या रेल के नीचे लेट जाते हैं। शरीर पर मिट्टी का तेल छिड़क लेना तो और भी भयानक है। एक रात खुले में सो भर लें तो बात बन सकती है।

उसने सामने सोये लोगों को ईर्ष्या से देखा। इन्हें ठंड नहीं लगती? या ये आदी हो गये हैं? एक पतली-सी चादर, एक फटा-सा कम्बल भी इनके लिए काफी है। उसे तो पूरी बाँह के स्वेटर और कोट में भी कँपकँपी छूट रही है। सारा शरीर जैसे सुन्न हुआ जा रहा है।

बैठे-बैठे कब जमीन पर लुढ़क गया, पता ही नहीं चला।

पता नहीं कितनी रात बीत गयी थी, जब उसे लगा कि कोई हिला रहा है। बड़ी मुश्किल से आँखें खोलीं तो टॉर्च की तेज रोशनी तीर की तरह जा चुभी। उसने पुनः आँखें बन्द कर लीं।

"गोविन्द! ए गोविन्द!" उसे आवाज पहचानी-सी लगी। उसने फिर से आँखें खोलीं। हथेली से टॉर्च की रोशनी को छेककर देखा, देशपांडे काका थे, साथ में कॉर्नर वाले गुप्ता अंकल भी।

"वाह भैये! अच्छा ठंड में मारा हमें। अब चल उठ।"

"आप लोग यहाँ?"

"झख मार रहे हैं, चल उठ। घर चल।"

घर का नाम सुनते ही जैसे उसके दिमाग में बिजली कौंधी। तो वह स्टेशन पर पड़ा हुआ है! गरीब फटेहाल लोगों की तरह नंगे फर्श पर लेटा हुआ है! घर से भागा हुआ लड़का! बस उसकी यशोगाथा में यही एक कसर तो रह गयी थी। कल को पूरी कॉलोनी में बात फैल जाएगी। देखनेवालों की नजरों में हिकारत और बढ़ जाएगी। उपहास के लिए लोगों को एक और विषय मिल जाएगा।

नहीं, अब वह घर कभी नहीं जा सकता।

पर वे लोग जो उसे ढूँढ़ते हुए यहाँ तक पहुँचे थे, कच्चे नहीं थे।

"चल रे बाबा!" देशपांडे काका ने कहा और उसे पकड़कर खड़ा किया। उसे लगा, वह चक्कर खाकर गिर पड़ेगा।

"जरा पकड़ना गुप्ताजी। लड़का ठंड खा गया है।"

दोनों सहारा देकर उसे एक ताँगे तक ले आये।

"मेरी साइकिल?" उसने क्षीण स्वर में कहा।

"रहने दो। मेरा स्कूटर भी है। सुबह ले जाएंगे। ऐसी हालत में तो तू स्कूटर पर भी बैठ नहीं पायेगा।"

"अक्खी रात तेरे को ढूँढ़ा बाबा। कुएँ-बावड़ी सब देख लिये। तेरा पापा तो सर पकड़कर बैठ गया है। बोलताइच नहीं।"

"देशपांडेजी, मैंने तो पहले ही कहा था," गुप्ता अंकल बोले, "सबसे पहले रेलवे स्टेशन चलिए। आजकल जो लड़का घर से निकलता है, अमिताभ बनने के लिए सीधा बम्बई भागता है। पर आप लोग माने ही नहीं।"

"अरे इसकी माँ बोली न, गुस्सा करके गया है। इस वास्ते हम डर गया। जवान लड़कों का कोई भरोसा है साला! गरम खोपड़ी होती है इनकी।"

"क्यों रे गोविन्द, बुआजी से कुछ झगड़ा हुआ था?"

"नहीं तो अंकल?"

"पता नहीं भाभी की उनसे जमकर लड़ाई हुई है। रोती जाती थीं और कहती जाती थीं, आपकी वजह से लड़का घर से गया है। बेचारा थाली पर से भूखा उठकर चला गया, उसे कुछ हो गया, तो मैं जिन्दगी-भर आपका मुँह नहीं देखूँगी। भाभी को इतना गुस्सा होते पहले कभी नहीं देखा। बेचारी बुआजी की तो बोलती ही बन्द कर दी।"

माँ उसके लिए रोई हैं, सच? उसके लिए लड़ी हैं, सच? खुशी से उसका मन नाच उठा। अब वह निश्चिंत होकर घर लौट सकेगा। लोग उपहास करेंगे, उसे डर नहीं है। हिकारत से देखेंगे, उसे परवाह नहीं है। अब वह जमाने-भर के ताने-उलाहने सह सकता है।

मुँह छिपाने-भर की जगह उसे मिल गयी है।

कोख का दर्प

"मम्मी, महरी आयी है," मीता ने आकर बताया।

"आयी है तो मैं क्या करूँ? क्या जाकर आरती उतारूँ?" मैंने रूखे स्वर में कहने की कोशिश की, पर सच तो यह था कि महरी के शुभागमन की बात से ही मन एकदम हल्का हो आया था, तीन दिन से उसकी बाट जोहते आँखें पथरा गयी थीं। हाथ छिल गये सो अलग।

"मम्मी, आप उसे जरा डाँटिए तो," अमित ने कहा और दोनों मुझे ठेलकर आँगन तक ले गये।

महरी इस इत्मीनान से बरतनों में जुटी हुई थी, जैसे अपनी दीर्घ अनुपस्थिति का उसे भान ही न हो, मैं भी छेड़ना नहीं चाहती थी, पर दोनों दुष्ट जाली के पीछे खड़े प्रतीक्षा कर रहे थे, इस बार चूक गयी तो ऐसा मजाक बनायेंगे कि बस।

"बाई, सुनो!" मैंने आवाज को यथाशक्ति कठोर बनाकर कहा।

जवाब में उसने सिर भी नहीं उठाया, उल्टे हाथ रोककर सिसकने लगी।

मैं हैरान रह गयी, क्या मेरी आवाज में सचमुच इतना दम-खम है?

"तुम्हें तो बस रोना अच्छा आ गया है!" मैंने हथियार डालते हुए कहा।

"बहू जी, कमली..."

"कमली! क्या हुआ कमली को?" मैंने घबराकर पूछा। पाँच साल की गुलगोथनी बच्ची मेरी आँखों के सामने घूम गयी। मुझे अमित पर कोफ्त हो आयी। वह तो बस, सिर पर सवार हो गया कि डाँटिए इसे! पहले कुछ पूछताछ करनी चाहिए कि नहीं!"

"भई, बताओ तो क्या हुआ?" उसकी सिसकियों का तार जरा थमा तो मैंने कहा।

"बहू जी, उसका कल कागद हो गया।"

"कागद! मतलब?"

"मतलब, रामकुमारी ने कल गोद ले लिया! पंचाट बैठी थी। उसी ने

कागद बनाया!"

धत् तेरे की! इतनी देर में मैं पता नहीं कितना उल्टा-सीधा सोच गयी थी। अब रामकुमारी से कमली का रिश्ता कोई नयी बात है? महरी अक्सर ही तो उसके बारे में बताती रहती है। रामकुमारी उसकी पड़ोसिन है और गाँव के रिश्ते में बहन लगती है। दो लड़के हैं, हाईस्कूल में पढ़ने वाले, पति चपरासी है, बीवी को कहीं काम नहीं करने देता। दिन-भर रानी बनी बैठी रहती है और कमली से मन बहलाया करती है।

महरी की तीनों बेटियों में वही सबसे मस्तमौला है। बड़ी वाली विमली तो दिन-भर छोटी बबली को लादे-लादे झुक चली है। उसे माँ का हाथ भी बँटाना पड़ता है और गालियाँ भी खानी पड़ती हैं। इतनी-सी उम्र में ही बुजुर्ग लगने लगी है। पिता के राज में भी कोई ज्यादा सुखी नहीं थी। पर पिछले साल उनकी भी हैजे से मृत्यु हो गयी। तब से तो विमली के चेहरे पर एक स्थायी अवसाद का भाव उतर आया है। कमली दिन-भर पड़ोस के घर में खेलती रहती है। इसलिए उसे न तो घर के दुख से सरोकार है, न दारिद्र्य से। हरदम हँसती-किलकती रहती है।

"गंगाबाई, तुम्हें तो खुश होना चाहिए," मैंने सान्त्वना के स्वर में कहा—"कम-से-कम एक की चिन्ता तो दूर हुई। वहाँ वह ढंग से खाएगी-पिएगी, अच्छे स्कूल में पढ़ेगी, अच्छे घर में जाएगी...और फिर कहीं दूर भी नहीं है। दिन-भर तुम्हारी आँखों के सामने रहेगी। वैसे भी तो उन्हीं के यहाँ बनी रहती थी।"

"पर तब कागद तो नहीं बना था बहू जी!" उसने कहा और फिर सिसकने लगी।

उसका तर्क बेजोड़ था। दिन-भर खेलना और बात है और कागद बन जाना और बात!

दु:ख में उसने कल से चूल्हा भी नहीं जलाया था। रामकुमारी ने पंगत दी। वहाँ नाम को मुँह जुठार कर चली आयी थी।

मैंने फिर उसे कड़क मीठी चाय बनाकर पिलायी। बच्चों के लिए कुछ नमकीन और कुछ बिस्कुट दिये। तब कहीं जाकर उसका आवेग थोड़ा कम हुआ।

उसके जाते ही बच्चों ने मुझे आड़े हाथों लिया—"सच मम्मी, आपको घुमाना तो महरी खूब जानती है। रोज एक-से-एक बहाना गढ़ लायेगी,

थोड़े-से टेसुए बहा दिये कि बहू जी फ्लैट। क्या गजब की एक्टिंग मारी है...वाह!"

"नहीं रे, वह एक्टिंग नहीं थी।"

कैसे बताती कि यह रुलाई मैंने पहली बार नहीं देखी है। बचपन में माँ को कितनी बार इस तरह बिखरते देखा है। पहले तो वे सबके सामने ही बिखर जाती थीं। एक-दो बार बाबूजी ने कुछ कड़ी बातें कह दी थीं, तब से छुप-छुप कर रोया करतीं।

दिन-भर उदास बनी रही मैं। चार बजे मीता बिना कहे मेरे लिए चाय बनाकर ले आयी। फिर पास बैठकर प्यार से पूछने लगी-"मम्मी, सुनील की याद आ रही है न!"

"सुनील मामा को क्या हुआ?" कॉमिक पढ़ता हुआ अमित एकदम कुर्सी से उछला।

"कुछ नहीं हुआ, आप अपनी किताब में ध्यान लगाइए।"

छोटी बहन के झिड़के जाने पर अमित ने बुरा-सा मुँह बनाकर मेरी ओर देखा। पर मेरी ओर से कोई प्रतिक्रिया न पाकर फिर से अपनी किताब में डूब गया। किताब सचमुच मजेदार रही होगी, नहीं तो लड़ाई का इतना अच्छा अवसर वह छोड़ता नहीं।

मुझे हँसी आ गयी। दोनों मेरे ही बच्चे हैं पर दोनों की संवेदनशीलता में कितना अंतर है! लड़के तो बस ऐसे ही होते हैं। माँ का मन पढ़ना तो लड़कियों को आता है। बिना कुछ कहे ही नन्ही मीता कितनी दूर तक सोच गयी। और ये महाशय सुनकर भी कुछ समझ न सके।

बचपन की याद है। माँ के उन उदास क्षणों को हमीं दोनों बहनें तो झेलती थीं। साये की तरह साथ लग जाती थीं। उतने कुछ क्षणों के लिए हम माँ की अंतरंग सखियाँ बन जाती थीं। किसी को पता भी नहीं चलता और हम जान जातीं कि आज माँ रोयी हैं। आज उन्हें किशु की याद आयी है। और याद आने का कोई एक बहाना था-कभी कोई गीत सुनकर, कभी किसी बच्चे को देखकर, कभी किसी त्योहार पर, तो कभी किसी तारीख पर, तब बुआ पर इतना गुस्सा आता। छलिया बुआ, मायाविनी बुआ, जो हमारे देखते-देखते नन्हे किशु को झपटकर ले गयी थीं।

यही शीला बुआ पहले इतनी अच्छी लगती थीं! जब भी आतीं, घर गुलजार हो उठता। कितना लाड़ करती थीं हम सबको! ढेर सारे खिलौने और

मिठाइयाँ लेकर आती थीं। कपड़े बनवाकर देतीं। पिक्चर दिखाने ले जातीं। हमारे अभावग्रस्त जीवन में वे दिन त्योहार के समान होते जब बुआ यहाँ होती थीं।

फिर एक बार कानों में भनक पड़ी कि बुआ हममें से किसी को गोद लेना चाहती हैं। उस खबर ने हम सबको कुछ दिनों के लिए कल्पना-लोक में पहुँचा दिया। बुआ का शानदार बंगला, चमचमाती कार, नौकरों की पलटन, गहने-कपड़ों का ढेर—स्वर्ग का सुख और किसे कहते हैं। मन-ही-मन हम सभी अपने को बुआ का प्रिय पात्र समझते थे और उनके अधिक निकट होने को उत्सुक थे।

पर माँ उन दिनों एकदम उग्र हो उठी थीं। हम पाँचों पर अपने आँचल का साया फैलाकर विद्रोह पर उतर आयी थीं। "कोई आलू-बैंगन नहीं हैं कि माँगने पर उठाकर दे दूँगी। मेरे कलेजे के टुकड़े हैं ये।"

बाबूजी डाँटते—"पागल हो गयी हो। ममता में ऐसी अंधी हो रही हो कि बच्चों का कल्याण भी तुमसे नहीं देखा जाता। तुम नहीं दोगी तो क्या उनका काम रुका रह जाएगा। तुम्हारा देवर तो उधार खाये बैठा है। शीला की भी ननदें हैं, देवर-जेठ हैं। कोई भी अपना बच्चा दे देगा। सभी तुम्हारी तरह बेवकूफ थोड़े ही हैं, वह तो शीला को अपने बच्चों से मोह है इसीलिए। तुम्हें तो बल्कि खुश होना चाहिए...मोह में पड़कर अवसर खो दोगी तो कल को ये ही बच्चे तुम्हें कोसेंगे।"

दिन-रात बाबूजी का भाषण सुनते-सुनते माँ का विरोध भोथरा पड़ता गया और एक दिन उन्होंने हाँ कर ही दी। बाबूजी तो ऐसे खुश हुए थे उस दिन, जैसे लॉटरी निकली हो।

माँ की स्वीकृति मिलने-भर की देर थी। बाकी सारे काम फटाफट हो गये। बुआ ने अधिक दिनों तक किसी को पसोपेश में नहीं रखा और घोषणा कर दी कि वे किशोर को गोद लेना चाहेंगी। आठ साल का किशु हम सबमें सुन्दर, गोरा-चिट्टा। पढ़ाई में भी अच्छा ही था। बुआ से हिला भी था। या शायद बुआ ने जान-बूझकर उसे सबसे ज्यादा प्यार दिया था।

कितना कठिन होता है कलेजे के टुकड़े को दूसरे को सौंपना। बेटी की विदा भी इतनी करुण नहीं होती। आज भी वह प्रसंग याद आता है तो मन काँप उठता है। लड़कियाँ तो होती ही हैं परायी अमानत। उनके जन्म के साथ ही यह बात मन में पैठ जाती है, पर लड़का भी नाम-गोत्र बदलकर पराये

घर जाने लगे तो माँ का दु:ख सीमातीत हो जाता है।

दत्तक-विधान इतनी धूम-धाम से सम्पन्न हुआ, जैसे कि कोई शादी हो, किशोर शर्मा एकदम सुनील त्रिपाठी हो गया, बेटे की माँ बन जाने की खुशी में बुआ ने सबको दावत दी, पहरावनी की। उन लोगों के जाते ही घर ऐसा सूना हो गया, जैसे बेटी विदा हो गयी हो।

रात मैंने इनसे कहा, "पता है, महरी की लड़की पड़ोसी की गोद चली गयी है। बेचारी इतना रो रही थी।"

"इसमें रोने की क्या बात है? कोई छीनकर तो ले नहीं गये होंगे वे, इसकी सहमति से ही तो हुआ होगा सब।"

"तब भी दु:ख तो होता ही है न।"

"अरे छोड़ो भी, वह तो गोद ही गयी है। बच्चे मर भी जाते हैं तो इन्हें कोई फर्क नहीं पड़ता। थोड़े दिन रो-गा लेते हैं; अगले साल दूसरा आ जाता है।"

अपनी ओर से सारी बात बड़ी आसानी से समाप्त कर वे सो गये। रात में वैसे भी उनके पास फालतू बातों के लिए वक्त नहीं होता। मोहल्ले की राजनीति, अड़ोस-पड़ोस की निंदा-स्तुति से भी वे दूर भागते हैं, फिर नौकरों-चाकरों की तो बात ही नहीं उठती।

लेकिन मैं देर रात तक जागती रही। बच्चों की संख्या क्या सचमुच दु:ख को कम कर देती है? फिर माँ क्यों इतना परेशान रहीं? क्यों दिन-रात आँसू बहाती रहीं?

बाबूजी कहते—"चलो अब ठीक रहा। दो लड़के, दो लड़कियाँ। हिसाब बराबर।"

पर माँ का मन कभी इस हिसाब को स्वीकर नहीं कर पाया। जब भी कोई बच्चों के लिए पूछता, उनके मुँह से पाँच ही निकलता। बाबूजी सामने होते तो आँखें तरेर देते। माँ कहती, "नौ महीने पेट मे रखा है, सात साल तक पाला-पोसा है, उसे कैसे नकार दूँ?"

बाबूजी का बस चलता तो मुझे भी दे डालते। उन्होंने एक बार कहा भी था—"शीलू! इसे भी ले जा। किशु के जैसी ही गोरी-चिट्टी है। तेरे यहाँ रहेगी तो अच्छा घर-वर पा जाएगी।"

बुआ ने तब मुँह बिचका दिया था। देर तक बुदबुदाती रही थीं, "कोई

मैंने होस्टल खोल रखा है!"

बहुत अपमानित अनुभव किया था मैंने तब। माँ से बहुत लड़ी थी बाद में—"क्यों कही बाबूजी ने ऐसी बात? और क्यों सह गये बुआ की झिड़कियाँ? माँग लेते अपने लाड़ले को। हमने थोड़े ही भेजा था, दस बार झोली फैलाकर आयी थीं, तब दिया था।"

पर बुआ का रौब ही कुछ ऐसा था कि बड़े भाई होते हुए भी बाबूजी उनकी बात पी जाते।

इस रौब का रहस्य तो दादा की शादी में खुला। बुआ किसी मामी-मौसी से कह रही थीं—"दुनिया में भाई बहन के यहाँ भात लेकर जाता है, हमारे यहाँ तो सब उलटा रिवाज है। पूरे पाँच हजार का जेवर बनवाकर लायी हूँ। और साड़ियाँ अलग।"

उन्हें शायद कमरे में मेरी उपस्थिति का भान नहीं था। या शायद वे भूल गयी थीं कि गरीब घर की लड़कियाँ बड़ी जल्दी समझदार हो जाती हैं। या फिर मुझे सुनाकर ही कहा गया हो। सुनकर मुझे तो जैसे आग लग गयी थी। माँ से बाद में कहा था मैंने—"तुम्हें मेरे सिर की कसम है जो तुमने मेरी शादी पर बुआ से कुछ भी माँगा। मुझे कुँआरी रह जाना मंजूर है पर किसी की भीख लेकर फेरे नहीं पड़ूँगी।"

दीदी की शादी में किशोर को पूरे दो साल बाद देखा था। शुरू के दिनों में बुआ हर महीने-पन्द्रह दिन बाद उसे मिलाने ले आती थीं। पर जैसे-जैसे समय बीतता गया, यह अंतराल बढ़ता गया। किशोर जब तक रहता, सहमा-सहमा-सा रहता। बुआ का चौकस साया हम भाई-बहनों पर मँडराता रहता। किशोर के नाश्ते का इंतजाम अलग से होता। उसके नहाने-सोने की व्यवस्था हमसे भिन्न होती। उसे 'सुनील' कहकर पुकारना पड़ता और वह नया नाम हमारी जबान पर काँटे की तरह चुभता!

दीदी की शादी में तो फूफाजी के साथ किशु को भी पड़ोस में राय साहब के यहाँ ठहराया गया था। सारा परिवार जब यहाँ बासी पूड़ी और अचार का नाश्ता कर रहा होता, उन दोनों के लिए दूध और अण्डे की व्यवस्था की जाती। सब लोग दही-बड़े और इमरती पर हाथ साफ करते और उसे कॉर्नफ्लेक्स पर सब्र कर लेना पड़ता। तब हमारा कौर भी गले में अटकने लगता।

पूरी शादी में वह एक ही दिन हमारे साथ पंगत में बैठा था। तब बुआ

की नज़र बचाकर हमने उसकी पत्तल मिठाइयों से पूर दी थी। पर जिस तरह डर-डरकर वह खा रहा था, उसे देखकर पहली बार लगा था कि अब वह हमारा नहीं रहा।

बड़े भैया की शादी में फूफाजी नहीं आ पाये थे। यह एक तरह से अच्छा ही हुआ। बुआ चाहकर भी किशु को राय साहब के यहाँ नहीं भेज सकीं, वह भी अब पहले का-सा दब्बू नहीं रहा था, इंजीनियरिंग कॉलेज में पढ़ रहा था। इतना सुदर्शन कि आँख ठहरती नहीं थी। शादी से लौटकर चाचा ने बताया कि बारात में भी वही सबके आकर्षण का केन्द्र बना रहा। दो-चार रिश्तेवालों ने तो वहीं बाबूजी को, चाचाजी को घेर लिया था।

जो भी मिलता, बुआ को बधाई देता, बच्चे का पालन-पोषण, शिक्षा-दीक्षा, आचार-व्यवहार सभी की प्रशंसा होती। बुआ फूलकर कुप्पा हो जातीं और माँ सुन-सुनकर राख होती जातीं। उन्हें लगता, जैसे उनके मातृत्व का अपमान हो रहा हो। आखिर एक दिन भुनभुनाकर कह ही उठीं—"लड़का अच्छा निकल गया है तो इसमें उनकी कौन-सी बड़ाई है। वह पेट में था तब मैंने ग्यारह एकादशियाँ की हैं। दो बार भागवत सुनी है। संस्कार तो वह साथ ही लेकर जनमा है। पन्ना में थे हम लोग, उस समय मैं साँझ-सबेरे जुगलकिशोर जी के दर्शनों को जाती थी। तभी न इतना सुन्दर निकला है। तभी तो उसका नाम किशोर रखा था। उन दिनों रोज विष्णु सहस्रनाम का जाप करती थी, तभी तो लक्ष्मी उसके पैरों में लोट रही है।"

"और हमारे समय शायद आपने सुदामा-चरित्र का पाठ किया होगा," बड़े भैया एकदम बोल पड़े। माँ का चेहरा एकदम सफेद पड़ गया। अपने जन्मजात दारिद्र्य के प्रति बड़े भैया का आक्रोश उन्हें शूल-सा चुभ गया, बेचारे बड़े भैया! ढंग से बी॰ ए॰ भी नहीं कर पाये और उन्हें राज्य परिवहन में मुंशीगीरी के लिए मजबूर हो जाना पड़ा। अच्छी शादी के सपने भी धरे रह गये। लड़की उन्हें जरा भी पसंद नहीं थी, पर वह दस हजार नकद ला रही थी, जिनकी कुम्मी की (मेरी) शादी में सख्त जरूरत थी।

बुआ दिन-भर अपना बड़प्पन गाया करतीं—"मरे ये लड़की वाले चैन नहीं लेने देते। रोज की डाक से फोटो और कुंडलियाँ चली आ रही हैं। घर पर तो मेला-सा लगा रहता है। हाथ जोड़कर कहते हैं कि भैया, लड़के की पढ़ाई तो पूरी हो जाने दीजिए, पर उनकी बस एक ही रट रहती है आप एक बार लड़की तो देख लीजिए। अब बताओ, मैं कितनी लड़कियाँ देखूँ और

कितनों की बुराई मोल लूँ।"

बेटे की माँ होने का दर्प उनके हर शब्द से छलक पड़ता। उनका वह दर्प माँ को बिच्छू का-सा दंश दे जाता। जब बरदाश्त से बाहर हो जाता तो अकेले में बड़बड़ाती रहतीं–"बड़ी लड़की वाली बनती है। माँगे की चीज पर इतना गरूर है। खुद पैदा कर लेती तो जाने क्या करती?"

मैं और दीदी समझातीं–"माँ, जब एक बार दे चुकी तो बार-बार कहकर अपने को छोटा क्यों करती हो।"

माँ तड़प उठतीं–"कोई आम-अमरूद नहीं दिया है लली, कलेजे का टुकड़ा निकालकर दिया है। नौ महीने पेट में और सात साल धरती पर पाला है। कहूँगी क्यों नहीं? हजार बार कहूँगी।"

पर उनका यह कहना अपनों तक ही सीमित था। बुआ के सामने कभी हिम्मत नहीं पड़ती। उनके एहसानों के बोझ तले दबी हुई जो थीं। दीदी की, भैया की शादी में उन्होंने सहारा दिया था। सुनील की उतरन-पुतरन से कुमार बना-सँवरा घूमता था। साल-छह महीने में बाबूजी एकाध स्वेटर पा जाते थे। बुआ के मन से उतरी साड़ियाँ माँ के, हमारे काम आ जाती थीं। लाख नफरत थी, पर मध्यवर्गीय शराफत का तकाजा था। सब कुछ सिर झुकाकर स्वीकार करना पड़ता था। बुआ का वरदहस्त न होता तो हम लोगों का अभावग्रस्त जीवन सचमुच चौराहे पर आ जाता।

मुझे अपनी शादी के बाद सबसे बढ़कर खुशी इस बात की हुई थी कि अब अपने मन का, अपने पैसों से खरीदकर पहन-ओढ़ सकूँगी। लेकिन माँ तो इस अभिशाप से कभी मुक्त नहीं हो पायीं। बुढ़ापे में भी चैन कहाँ है। केशव भैया नौकरी करने लगे हैं, पर वह भी तो एक नामालूम-सी क्लर्की है। फिर उनकी अपनी गृहस्थी है। कुमार की पढ़ाई का खर्च दे रहे हैं। यही क्या कम है! इससे ज्यादा देंगे भी क्या? कहाँ से देंगे?

कभी-कभार घर जाती हूँ तो उस जीर्ण-शीर्ण गृहस्थी को देखकर मन तड़प उठता है। तीन-तीन बेटों की माँ अकेली-असहाय खट रही है। बाबूजी की आँखें जवाब देती जा रही हैं। वे पेंशन पा गये हैं और दिन-भर घर में बैठे चिड़चिड़ाते रहते हैं। घर हर तरफ से झूल रहा है। लगता है, किसी भी दिन बैठ जाएगा।

जितनी ललक से जाती हूँ, हर बार उतनी ही उदास होकर लौटती हूँ।

पिछले अगस्त में मद्रास से दिल्ली जाते हुए किशोर एक दिन के लिए रुका था। बोला, "इधर से पास हो रहा था। सोचा, इस बार एडवांस में राखी मना ली जाये। बहुत दिनों से तुम्हारे हाथ से नहीं बँधवायी है।"

गद्गद हो आयी मैं। तुरत-फुरत बाजार से राखी, मिठाई और उसके बच्चे के लिए सूट और खिलौने मँगवाये। बड़े उल्लास से उसने पटरे पर बैठकर राखी बँधवा ली। फिर मेरे पैर छूकर थाली में सौ का एक नोट रख दिया।

हर्ष और विषाद का एक मिला-जुला आवेग मन को मथ गया। बेचारे बड़े भैया! चाहकर भी कभी दस से ज्यादा दे नहीं पाते, और लेते समय मन में बराबर संकोच बना रहता है। इन दस रुपयों से शायद उनकी तीन दिन की सब्जी आ जाती।

मैंने नोट उठाकर उसकी जेब में डालते हुए कहा, "किशु, अब मुझे इन रुपयों से मोह नहीं रहा। इसके बदले में मेरी एक बात रखोगे?"

"कहो।"

"माँ-बाबूजी को कुछ दिनों के लिए अपने पास बुला लो, थोड़ा बदलाव हो जाएगा। बाबूजी का ठीक से चेकअप होना जरूरी है। हो सके तो आँख का ऑपरेशन भी करवा देना।

वह थोड़ी देर चुप रहा, फिर बोला, "पैसे कहो तो भेज सकता हूँ, पर अभी उन्हें बुलाना तो...डैडी का हर्निया का ऑपरेशन होने को है। मेरे टूर की वजह से रुका रहा। फिर शायद पूरी सर्दियाँ वे मेरे पास ही रहेंगे। यू॰ पी॰ की ठंड अब उनसे बरदाश्त नहीं होती। उनके रहते बाबूजी को लाना तो बहुत कठिन है। तुम्हें तो मालूम है, बाबूजी से उनकी पटरी नहीं बैठती।"

"पटरी न बैठने का क्या सवाल है। बाबूजी तुम्हारे घर आयेंगे, उनके यहाँ नहीं। क्या उनकी मर्जी ही सब कुछ है। आखिर माँ-बाबूजी का भी तो कुछ हक बनता है। जन्मदाता हैं वे तुम्हारे।"

"क्या सिर्फ जन्म देने से ही कोई हकदार हो जाता है?" उसने तड़पकर पूछा-"उस दिन यह बात क्यों याद नहीं आयी जब मुझे एक घर से उखाड़कर दूसरे के आँगन में फेंक दिया था? अपने घर में मेरा रहने का हक भी जिन लोगों ने छीन लिया था, आज उन्हें अपने हक की बात करने का कोई अधिकार नहीं है, दीदी।"

"बाबूजी की जिद के सामने सब हार गये थे किशु! तू नहीं जानता, माँ कितना-कितना रोती थीं।"

"माँ रो तो सकती थीं दीदी, मेरे लिए तो उसकी भी मनाही थी। फिर माँ के साथ तुम लोग थे। मेरे साथ कौन था? एक अजनबी माहौल में निपट अकेला पड़ गया था मैं, और माहौल भी ऐसा जहाँ हर कोई उपहास करने के लिए, आलोचना करने के लिए तत्पर बैठा हो। मम्मी की जिद ही मुझे उस घर में ले गयी थी, पर वहाँ हर कोई मेरा दुश्मन था। सोते-जागते, उठते-बैठते मुझे चौकन्ना रहना पड़ता था। कहीं कुछ ऐसा न कर बैठूँ कि मम्मी को मेरे लिए लज्जित होना पड़े। ऐसा न हो कि किसी बात के लिए मेरे दरिद्री अतीत को फब्तियाँ सुननी पड़ें। एक संशय-पिशाच, एक आशंका का भूत हरदम मेरी पीठ पर सवार रहता। पढ़ते समय भी वह पीछा नहीं छोड़ता। परीक्षा देते समय भी यही भय मन में समाया रहता–अगर मैं फर्स्ट नहीं आया तो..."

"तेरे कल्याण के लिए ही किया था रे सब, बाबूजी शायद उतनी सुविधा नहीं जुटा पाते।"

"हो गया न कल्याण? अब उस स्तर पर जीना भी पड़ता है। फिर शिकायत क्यों? दीदी, एक सात-आठ साल के बच्चे के लिए बंगला, मोटर, नौकर-चाकर कोई अर्थ नहीं रखते। उसे माँ की आश्वस्त गोद चाहिए, पिता का प्यार-भरा स्पर्श चाहिए, भाई-बहनों का निष्कपट स्नेह चाहिए, अपने घर की सुरक्षित चारदीवारी चाहिए। इनके बिना जो बचपन बीतता है, वह कितनी यातना देता है, तुम क्या जानो?"

सुनकर स्तब्ध रह गयी मैं। बचपन में केवल उससे ईर्ष्या ही करते रह गये हम लोग। इस पीड़ा को सचमुच हमने नहीं जाना था। हम लोग सिर्फ अपना, माँ का दुःख बड़ा करके देखते थे। किशु के लिए कभी सोचा ही नहीं। एक अपराध-बोध मेरी संपूर्ण चेतना पर छा गया।

जाते समय उसने वे रुपये मेरे आँचल में बाँध दिये और बोला, "चिंता मत करना दीदी, जैसे ही सुविधा होगी, मैं माँ-बाबूजी को लिवा ले जाऊँगा, तुम भी कभी छुट्टियों में बच्चों को लेकर मद्रास आओ न! अच्छा लगेगा।"

इस बात को भी अब साल-भर बीत चला है, माँ-बाबूजी अब भी कस्बे के खस्ताहाल मकान में बने हुए हैं। मैं जानती थी, किशोर उन्हें नहीं ले जाएगा। डैडी (फूफाजी) का तो बहाना है। दरअसल वह सुवर्णा से डरता है। वह तो बाबूजी के नाम से ही बिदकती है।

शादी के बाद माँ के बहुत मनुहार करने पर बुआ बहू-बेटे को लेकर घर गयी थीं। बहू के कटे बाल, रँगे होंठ, बढ़े हुए नाखून, खुले ब्लाउज और

ऊँचे जूतों को लेकर बाबूजी दिन-भर नाक-भौं सिकोड़ते रहते। उसके सिर न ढकने पर उन्हें कोफ्त होती। वह उनके सामने बैठकर पेपर पढ़ने लगती तो उनका पारा सातवें आसमान पर चढ़ जाता। जिस दिन उन्होंने उसे पति को नाम से पुकारते हुए सुना था, उस दिन तो हद ही हो गयी थी। माँ का समझाना-बुझाना सब व्यर्थ हो गया था।

यह सारा प्रसंग मुझे सुनाते हुए माँ ने कहा था—"जिनकी बहू है, वे तो कुछ कहते नहीं, ये बेकार में अपना खून जलाते हैं। उसे कौन-सा रोज-रोज यहाँ आना है। एक ही बार में भर पायी होगी वह तो।"

मैं हैरान थी, कितनी आसानी से माँ ने सुवर्णा को अपने अधिकार-क्षेत्र से बाहर कर दिया। किशु के लिए बार-बार बिसूरती माँ अब कितनी निर्लिप्त हो गयी हैं?

कोई महीना-भर ही बीता होगा।

मीता ने कहा, "मम्मी, जरा खिड़की से देखो तो।"

देखा तो गोल-मटोल कमली को गोद में उठाये गंगा हाँफती-हाँफती चली आ रही है।

"आज ये तुम्हारे साथ कैसे?"

"अब ये घरई में रहेगी बहूजी।"

"मतलब?"

"मैं तो लौटा ले आयी मौड़ी को।"

"क्यों?"

"बस अपने घर में रहेगी। जो रूखा-सूखा हम खायेंगे, ये भी खायेगी। मोटा-झोटा जो हम पहनायेंगे, पहनेगी। भागवाली होती तो किसी सेठ-साहूकार के यहाँ पैदा होती। मेरे यहाँ आयी है तो ऐसे ही रहेगी।"

"अरे पर हुआ क्या?"

"दो-चार दिन से देख रही थी बहूजी, उठते से ई रोज मरा सिलेट पकड़ा देता था और धमाधम शुरू। मेरा तो खून जल गया। अरे, मार ही खानी है तो अपने माँ-बाप की खायेगी। इसके लिए थोड़े ई सौंपी थी मौड़ी!"

"और तुम्हारी पंचायत का क्या होगा?"

"पंचाट का क्या, फिर जोड़ लूँगी, एक खाना ही लगेगा, सबके सामने कागद फाड़ दूँगी।"

"देवर-जेठ से पूछ लिया है? उस समय तो वे ही आगे हुए थे न।"

"उनसे क्यों पूछूँगी? कोई उनकी जायी है?"

मैं उसका तमतमाया चेहरा देखती रह गयी। रोती-बिसूरती गंगा को देखकर उस दिन माँ याद आ गयी थीं। पर इस गंगाबाई के सामने माँ कहाँ ठहरती हैं?

बच्चे हँस रहे थे–"आपको फिर घुमा दिया न गंगाबाई ने?"

■■